旅する名前

車《ちゃ》育子《ゆっちゃ》

私のハンメは　海を渡って　やってきた

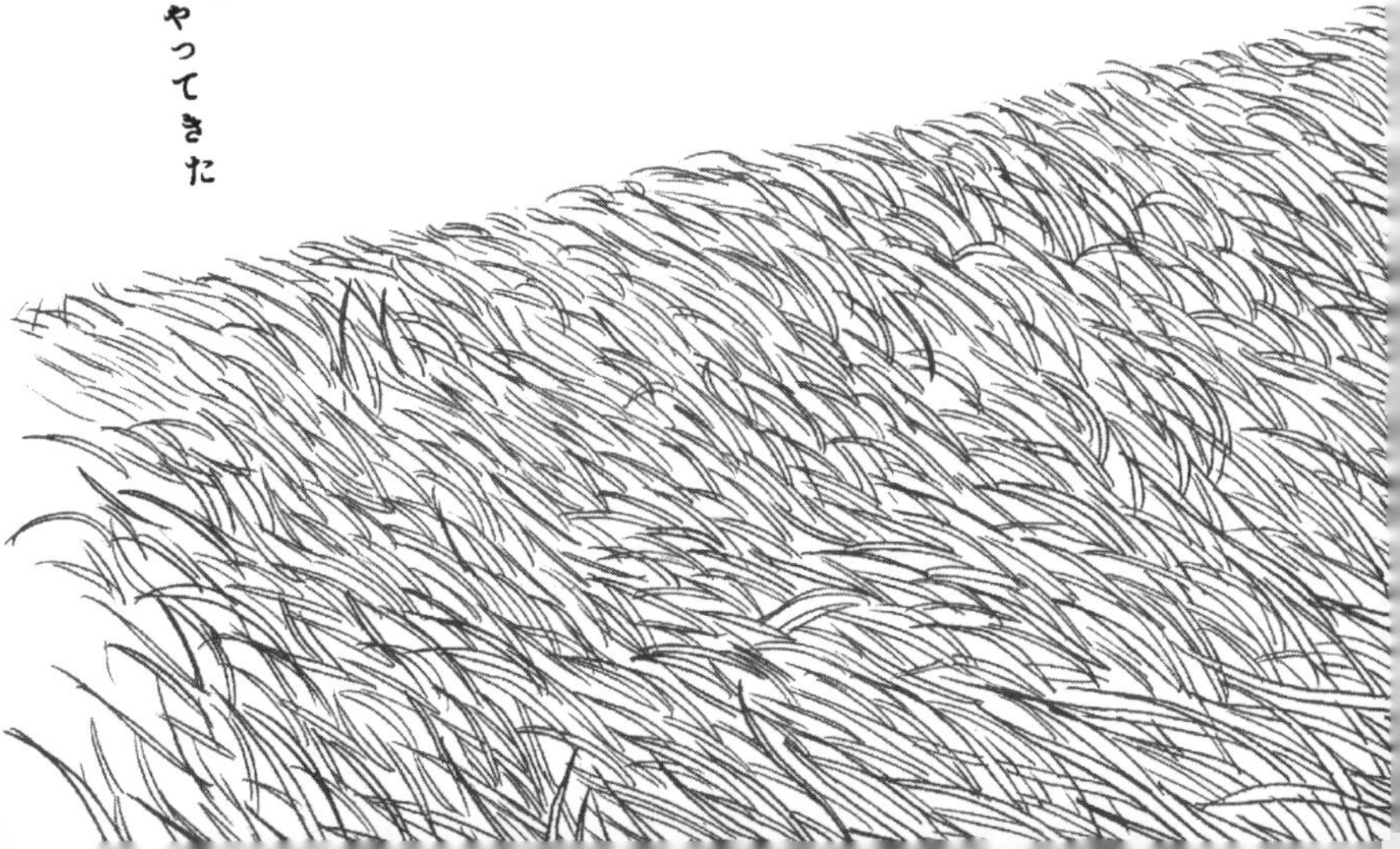

目次

まえがき

家族じゅうから祝福されて誕生した無邪気な女の子は、学童期になると、悩みを抱えるようになる。その悩みは、まわりの大人に聞くことがはばかられた。どう切りだして話をすればいいのか解らず成長する。

社会に出て、およそ両親には経験できなかったであろう世界のなかで彷徨《ほうこう》する。ひとなみに恋愛もしたが、別離が前提の恋物語だった。

私のなりたかった職業は選べなかった。運よく正社員にはなったが、キャリアを積み上げられる仕事は、高卒の女性には容易になかった。先が見えない苛立《いらだ》ちを抱え、衝動的に結婚をした。結婚したらなんとかなると、自身が蓋《ふた》をした苦悩から安易に逃げようとした。

しかし、逃げられなかった。

苦悩の正体を手探りでさぐりあててからは、結婚相手との格闘が始まった。

まず、いちばん身近な他人である夫に説明できないようでは、苦悩からの解放は望めないと思ったからだ。

それと同時期に、同じように苦悶《くもん》している仲間たちを知るようになる。解決はしないが、心は軽くなった。ひとり悶々と悩みに対峙《たいじ》していても、堂々巡りのくり返し。共有する「問題」への共通理解は、思考を柔軟にしてくれる。


二十四歳で結婚し、二十五歳で第一子、二十七歳で第二子、三十歳で第三子を得て、現在五十三歳。数値的には標準的な女の半生である。けれども、どこかが違っていた。

そんな想いを文章にしてみた。

ごく個人的な日々の生活からうかがえる、世間との違和感を表現してみたいとの思いは、日本人の夫との暮らしのなかで深まっていった。

在日一世がつぎつぎと他界し、通名のまま墓におさまっていくなかで、その衝動をこらえることはできなかった。

小石川の家

ハンメ

六十数年前、六歳の男の子の手をしっかりと握り、日本に渡ってきた私のハンメ（祖母）。朝鮮から、日本に暮らす男のもとに再婚しにきたのだ。

初めの結婚も、親や親族が決めた。本人の意思など聞いてくれる人はいなかった。女はある程度の歳になれば、結婚をして子どもを産んで育てる。それがあたりまえ。それが女の人生だと、だれもが疑っていなかった。本人自身も。

そんなハンメも八十六歳になる。数年前から歩行が困難になり、杖《つえ》の助けを借りている。いまでは自分の部屋からトイレにいくのでさえ杖を使う。少しボケが出てきたようで、食事をしたのも忘れてしまう。実家に行くたびに衰えているのがわかる。

私の子どもが新生児のとき、風呂に入れていたあのかくしゃくとした姿はどこかにいってしまったようだ。

ことし二十歳になった娘は初めての曾孫《ひまご》で、ハンメは、それはそれは誕生を歓《よろこ》んだ。

産後は当然のごとく、実家にお世話になった。産院から私たち親子が家に着く時間をみはからい、湯を沸かし、まず風呂の用意をして待っていてくれた。

右手に赤ん坊の頭をのせ、親指と薬指で耳をふさぎ、しっかりと固定する。タオルを胴体にからめ、左手で足を持ち、ゆっくりとベビーバスに浸す。浮力をかりて左手を足からはずし、ゆったりとマッサージするように、頭から順々に、小さな小さな足の指の先まで洗いおえる。見事な手さばきだった。

一か月にわたる実家の暮らしだったが、毎日の赤ん坊の入浴はハンメの役割と決まっていた。

地下鉄丸の内線の後楽園駅近くにある、後楽園の庭園で働いていたハンメは、夕方五時半きっかりに家に着く。オモニ（母）は五時に仕事を終えて、近所の工場から戻ってくる。オモニがまずするのは、大鍋《なべ》で湯を沸かすことである。

ハンメが玄関を開けたときには、たっぷりの湯ときれいになっているベビーバス、着替え用の赤ん坊の服と、その上にバスタオルが用意されていないと、ハンメの機嫌は悪くなる。口のなかでブツブツがおさまらない。

ハンメにとって、それはなにか神聖な儀式だったのかもしれない。

私が小学生だったころには、家にはまだ二人の叔母がいた。ハンメがいて、両親と私と二人の弟、そして叔母たち。八人の大家族だった。

そのなかで仕事に出ないのは、子どもだった私たち姉弟だけ。朝になるとみな、それぞれの職場に向かった。ハンメも例外ではない。一日の日雇い賃金が二百四十円であることから当時「ニコヨン」と呼ばれた、町の清掃の労働者だった。成長してから、いわゆる失業対策の行政事業の一環だったと知る。小学生のとき、その「ニコヨン」の呼称を揶揄《やゆ》していた年配の男教師への嫌悪感は、いまでも鮮明にある。

ハンメは文字を書けないし、読めない。足し算も引き算もできない。買い物をしたあとは私にレシートを見せて、計算させる。つり銭に間違いがないか確かめるのだ。よく、「目はあいていても、めくらといっしょだ」と言っていた。電車の乗り継ぎも駅名でなく、乗ったところから何番目と指を使って覚えていた。それでも迷ったことはない。「他人はあてにするな」「他人からはおごってもらうな」とも言っていた。「人の国に住まわせてもらっているのだから」とも。

ただ一度だけ、退職のとき、「日本の人には退職金というのが出るのに、私には出ないらしい」ともらしていた。本人にしてみれば、同じ仕事をしてきてなぜだろうと、素直におかしいと思ったのだろう。家族の者はやっぱりと感じ、「国籍が違うから……」とつぶやいていた。どんなときにも最終的には、この「国籍」には太刀打ちできない。

ハンメがボケるまえ、いっしょに住んでいるオモニは、「月々二万円でも国からお金が出れば、だれにも気兼ねしないで自由に使って、気も晴れるのに」と言っていた。何十年と働いてきても国民年金にも入れなかった矛盾が、ハンメの世代を覆っている。

国民年金の国籍条項が撤廃されたとき（一九八二年）に三十五歳以上だった、ほとんどの一世は、老後、家族に頼るしかない。植民地時代を生きぬき、日本で職を求めて、日本人の半分かそれ以下の給金で働いてきたのに。厚生年金が整備されているような会社には、もちろん入社などできなかった世代だ。

実家に行ってハンメに会うと、かならずひと言めは「なにか食べて帰りな」だ。少しボケてきたいまもそれは同じ。文字どおりの生活実感を込めた挨拶《あいさつ》言葉なのだろう。食べるために生きてきたのだ。

昔、「青い田んぼを眺めて暮らしていた娘時代に戻りたい」「なんで、日本になんか来てしまったのだろう」とぽつりともらしていた。いまもその思いは消えないのだろう。

食事の作法

一九六〇年代ごろは、食卓にかならず箸《はし》と匙《さじ》がならんだ。ハンメとアボジ（父）が使う。匙がないと、決まって「スッカラ」とアボジが言った。味噌汁もご飯も、匙で口まで運んだ。おかずは箸を使っていた。二人は味噌汁の椀《わん》も、ご飯茶碗も、手には持たない。なんの違和感もなかった。

小学校にあがり、私の世界が少しずつ広がると、そんな二人をうとましく感じるようになる。学校の給食指導では、「食事は背すじをのばして姿勢よく食べること」。それに、二人の姿勢はひっかかる。お碗を持たないので、どうしても前かがみになってしまう。犬ぐいといわれる姿勢。家に来る朝鮮人の大人はみなそうだった。だから朝鮮人はバカにされるのだと思い込んでいた。

幼いころ、祖母をハンメと呼んでいた。朝鮮の南の地方の方言。ところが、学校ではおばあさんと習う。家族にはこの疑問は聞いてはいけないのだと、ひとりで解決してしまう。上級生になると、家でもおばあちゃんと呼ぶようになる。私の小さな社会の多数派におもねったのだ。

朝昼晩、主食はご飯。味噌汁と焼き魚、季節の野菜のナムルとキムチ。シンプルな食卓。ハンメの好物は、えごまのニンニク醤油《しょうゆ》づけとたらの内臓の塩辛（チャンジャ）と、のりの醤油づけ。かならず食卓にあがった。白いご飯が食べられるだけで、しあわせそうな顔をしてゆっくりゆっくり食べる。外食や出前などとは無縁。

社会へ出て初めての給料をもらった休日に、二人で浅草へ行き、うなぎの蒲焼《かばや》きを食べた。メニューは読めないが数字はわかるので、ハンメはいちばん安いのを指さした。その店の蒲焼きがおいしかったかどうか、私は美食家でないのでわからないが、ハンメは家に帰ってからも「おいしかった、おいしかった」と、家族に何度も言っていた。

ハンメもアボジも、いまだにパンは食べない。母が留守でどうしようもないときは、しかたなさそうに口を動かして食べている。味わうといった表情からはほど遠い。まず、ご飯がないと食事ではないと、顔全体で語っている。とにかくご飯、それに汁物、チャンジャとキムチ、この四品はかならずなくてはならない。

人一倍、箸の持ち方やお碗の持ち方に神経をつかったあのころ。主食と副食の食べ方の順番。料理の味よりも作法が気になり、味わうどころではなかった。まわりに日本人の大人がいると、よけい真剣になった。

その呪縛《じゅばく》から解かれたのは、キムチを心おきなく食べだしてから。いまでは、朝食はご飯と味噌汁とキムチが定番。

いちばん下の息子が小学生のとき、「家族の好きなものしらべ」表の母の欄に、堂々とキムチと書いてあるのを見て、思わず吹きだしてしまった。

ファンタジア

初めて観た洋画、それもアボジと二人だけで。きっと一生で一度だけの経験になるのだろう。正月の三日だった。小学校二、三年だったと思う。

アボジの唯一の趣味は競馬・競輪・競艇で、年の初めの競技にはかならず足を運ぶ。子どもたちが成長したいまは、ブツブツ言う母を尻目にさっと家を出る。あのころは朝になると、アボジがいつのまにかいないのに気づくのだった。

「育子、浅草に連れてってやるぞ。支度しろ」

めずらしい誘いが不思議だった。気短かなアボジにおいていかれないように、そそくさと着替えをすませた。母は怪訝《けげん》な顔をしている。

家を出ると、「ちょっと浅草のまえに後楽園に寄っていくから」。

競馬だとすぐに納得した。浅草はどうなっちゃうんだろう。不安がよぎる。

細い足で人間を乗せ、サラブレッドが土けむりをあげて疾走する。騎手の色とりどりのユニフォームがカラフルで綺麗《きれい》だ。横を向くと、アボジの形相が凄《すさ》まじい。左手に競馬新聞を握り、右手に馬券を握っている。負けたレースの馬券は、即座に宙を舞う。ひらひらと落ちてくる馬券が、花びらのよう。

何レースかしたあと、アボジがすくっと立ち上がり、「行くぞ」。

どこをどう歩いたか、どの電車に乗ったのか、気がつくと花やしきがあり、さらに路地を入ったら、映画館のまえだった。看板の「ファンタジア」が眩《まぶ》しかった。日曜日だというのにガラガラだった。アボジは席に座ると、即座に寝てしまった。私は心踊るリズムと鮮やかな映像に時間を忘れ、見入っていた。

映画が終わり外に出ると、すでに空には星が瞬き、とっぷりと暮れていた。

「きょうは二人で、夕飯でも食べて帰ろう」

飲み屋というより一膳《ぜん》飯屋のおもむきのある店に入る。

私はなにを食べたか思い出せないが、とにかく父親と二人だけでご飯を食べられるのがうれしかった。外食が許される経済状態でないのは、子ども心にわかっていた。ちらと母が気になったが、そこは子どもで、すぐにそんな気持ちなど吹きとばしてしまった。

アボジのウリマル

唄を忘れた　金糸雀《かなりや》は　後《うしろ》の山に　棄てましょか
いえ　いえ　それはなりませぬ
唄を忘れた　金糸雀は　背戸《せど》の小薮《こやぶ》に　埋《い》けましょか
いえ　いえ　それはなりませぬ

唄を忘れた　金糸雀は　柳の鞭《むち》で　ぶちましょか
いえ　いえ　それはかわいそう

唄を忘れた　金糸雀は　象牙《ぞうげ》の船に　銀の櫂《かい》
月夜の海に　浮《うか》べれば　忘れた唄を　おもいだす

（「かなりや」西条八十）

ウリマル（私たちの言葉）をしゃべれないと思っていたアボジが、片言のウリマルをしゃべりだしたのは、弟が結婚してからだ。

弟の妻は韓国から来た人で、韓国で生まれて生活していたので、ウリマルは本来的な母語である「韓国語」だ。日本語も上手だが、こみいった話になるとウリマルになる。その言葉に反応したアボジは、つぎつぎとウリマルの単語を発するようになる。心のなかに押しとどめていたなにかが溢《あふ》れでるように。

一九四五年、日本の敗戦が決定した。日本に暮らしていた朝鮮人は「解放民族」となる。

日本人が打ちひしがれているその隣で解放民族となった朝鮮人は、息を吹き返した。祖国へ帰るための準備をしだした。

まず、子どもたちの学習場所を全国各地で確保し、ウリマルを教えはじめる。植民地政策によって、日本語しかしゃべれなくなっている子どもが出現していたからだ。「民族」の誇りの言葉を子どもたちに伝えなくてはと……。

家の近くでも、大人たちは空き家を改装し、即席の語学講師になり、子どもたちに言葉を教えはじめた。アボジもそこの国語講習所に通ったようだ。そこで初歩の学習をしたと言っていた。ただ、その学習場所も、すぐに奪われてしまう。

第二次世界大戦後、政治情勢の世界地図は、アメリカ合衆国とソビエト社会主義共和国連邦（当時）とに、徐々に色分けされていった。独立を果たした朝鮮半島の本国には、北には社会主義の陣営が、南には自由主義の陣営が駐留していた。その本国の情勢、東西の冷戦構造に、日本で暮らす「在日」ものみこまれていく。一九四八年、吉田内閣のときに、文部省（当時）の学校教育局長通達が出され、日本じゅうにあった民族学校、朝鮮学校、国語講習所は閉鎖される。

それ以後、アボジは学習の場から遠ざかる。日本の学校には行く気がしなかった。日本の学校に待ち受けるものの正体を、漠然とだが感じていたのだ。知りあいの靴工場へ丁稚《でっち》として通いだす。

体力には自信があったのだろう、工場通いに慣れてくると、夜、ボクシングジムに向かった。三回戦ボーイにまでなったと、うれしそうに話してくれた。けれども、親の反対で挫折《ざせつ》した。ボクシングでは食べていけないと、職人ならなんとかなると、ハンメは判断したのだ。

いま、八十歳近くになるが、現役で靴職人を続けている。

ねみちゃん

「小石川植物園が畑だった」と、ハンメは言う。えごまも茄子《なす》もねぎもそこで作っていたと。「いまある塀は、昔はなかった」。

朝鮮から、夫となるハラボジ（祖父）のもとへと渡ってきて、初めて暮らしたのは東京の下町・深川。きっと、ハラボジは荷役人だったのだろう。日銭の労働者。お金はすべて夫であるハラボジが握っていたようだ。ハンメは深川時代、日本語はほとんどわからなかった。一日、家のなかでひっそりと過ごした。

深川をはさんだ一帯が東京大空襲にあい、東京から家族で疎開をした。疎開先がどこだったのか、地名を知る者はいない。

日本の敗戦後、ハラボジは祖国へ帰るつもりだったようだ。一時の住まいとして小石川植物園の裏手、白山御殿町《はくさんごてんまち》に暮らしはじめたが、戦後の混乱も収まらないうちに、祖国はふたたび戦火にまみえてしまった。親類縁者への連絡もとれなくなり、本人も病に倒れる。

ハラボジの生まれは、いまの「韓国」でいう南の地方、全羅南道《チョルラナムド》・麗水《ヨス》。渡日してきた「朝鮮人」の八割は南の地方出身者だったのに、帰還船で多くの人びとが「北」へ向かった。

ハラボジもその船に乗りたいと願っていたふしがあったようだと、大人になってからアボジから聞いた。綱で囲めばそこが自分の土地になった、戦後の荒廃した小石川植物園裏の土地を、つぎつぎと他人へ手渡したのは、その証であるらしい。

その土地には当時、朝鮮人が多く住んでいた。解放民族であるはずの朝鮮人はあいかわらず日本社会からとり残され、どうあがいても安定した職業につけなかった。その日暮らしから抜けだせないどころか、子どもの将来さえ描けない失望。帰還船事業が始まると、一軒、また一軒と、新潟港へ向かった。

かつて私がまだ幼く、家がバラックだったころ、三軒ならんで朝鮮人の家があった。もちろんそのうちの一軒は私の家で、表札は「安田」。隣は「崔」。その隣は「金」。

金さんのおじさんとおばさんの名前は忘れてしまったが、娘が一人、愛称が「ねみちゃん」で八歳年上。ねみちゃんは叔母の友だちだったが、私とも親しかった。というより、金魚のフンみたいにその二人について遊んだ。

ねみちゃんは毎朝、長い髪をおばさんに梳《す》いてもらい、おさげにしていた。一重まぶたが涼しげで、伏目がちの目もと。純真な少女だった。朝鮮の乙女ここにあり、というふうな。おじさんは、これはこれでまったくもって「在日の男」の代表のような人で、朝から酒をかっくらって、気にいらないことがあると奥さんを叩《たた》いていた。

そんなおじさんを野蛮な人だとは思っていたが、嫌いにはなれなかった。いつも朝鮮の民謡をボリュームいっぱいに流し、日本人も多く暮らしている長屋じゅうに響きわたらせているのを聞いて、「おじさんはスゴイ」と、子ども心に羨望《せんぼう》の眼差しで眺めていた。

私の家は、食事は純「在日」食だったにもかかわらず、通名《つうめい》（日本式の名）を使い、日本人に一歩、身を引いていたふしがあった。母にいたっては、朝鮮人であることを「隠す」との認識もなかったようだ。

　十年ほどまえ、初めての「海外旅行」で韓国へ行ったさい、出国カードに通名を書いて、係官に「パスポートと同じサインをして」ととがめられたときのことを話しながら、「私の名前って、ほんとうに成《なり》だったんだね」「私って日本人ではなかったんだね」と感慨もなく言ってのけるほどの人で、いまでこそキムチをキムチと言うが、ついこのあいだまで「おこうこ」と呼んでいた。


　ある日、学校から帰ると、ねみちゃんの家が変なのだ。人影がない。

「ねみちゃん、どうしたんだろう」

「帰ったんだよ。あっちに」

「うちだってじいちゃんが生きていれば……」

「じいちゃんはここで死んだんだから、私もここで死ぬ」

「故郷は南なのに、あっちに行くなんて」

「いまさら帰ったってどうなるものか」

女たちの会話を聞いていた父が、「日本にいたってどうしようもないから帰ったのさ！」と突然、叫ぶように言い捨てた。

十二、三年前、江東区枝川にある東京朝鮮第二初級学校を訪問し、付近の集落をそぞろ歩いた。日の射さない路地裏に、小学生の私と中学生の叔母とねみちゃんが、あっちこっちに現れてきそうで、胸がチクチク痛んだ。

ねみちゃんは、「祖国」へ帰って三年後にチフスで死んだ。

帰還船

昔むかし、帰還船事業といわれる出来事があった。

朝鮮戦争停戦後、南北はそれぞれの主義主張をくり返し、対立していた。韓国には軍事独裁政権が誕生していた。日本に居住していた在日朝鮮人のおおかたは、朝鮮半島の南から、つまり「韓国」から日本に渡ってきた人びとなのに、なぜあれほどの人がわれさきに「共和国」（朝鮮民主主義人民共和国）に「帰って」いったのだろうか。

日本の敗戦後、在日朝鮮人はほんのつかの間、解放民族として処遇された。全国に在日朝鮮人の組織ができ、生活改善運動や、子弟の教育問題などに取り組んだ。しかし、ことごとく壊滅させられていった。そして、サンフランシスコ講和条約（一九五一年）によって日本が米国の進駐軍から解放されるや、在日朝鮮人は外国人としてみなされ、「外国人登録証」を常時もたされ、「管理」「抑圧」の対象とされる。かたや本国では、朝鮮戦争後の混乱で、肉親・知人などの消息もつかめなくなった。

日本にいても先が見えず、さりとて韓国（故郷）に帰っても生活の保証がない時期であった。

そんなとき、燦然《さんぜん》と輝いていた「人民」のための「国」、朝鮮民主主義人民共和国。一縷《いちる》の望みを託し、携帯現金はほとんど持ちだせないという規制（当時）のなか、新潟から乗船した人びと。新しい「国」造りに夢を託した大人たちの顔は、当時の写真を見ても笑顔でいっぱいだ。一九五九年から六七年まで百五十四回、続いたようだ。その後も帰還したい人たちがいたので、八四年までひき延ばされ、百八十七回まで続いたようだが、最後はどのように終結したのかさだかではない。

ある時期から、そんな「共和国」への希望に暗転の影がしのびよる。「どうも、送金が本人に渡ってないらしい」「金や品物の催促だけの手紙ばかり」「むこうの様子を知らせてくれない」……。

「韓国」はというと、朝鮮戦争後、独裁政権が続き、市民や学生たちの反政府運動やスパイ事件で揺れていた。私のまわりにも、スパイ容疑で逮捕された肉親をもつ人や、自身がスパイ容疑をかけられた人がいた。日本に残るのも地獄、「韓国」「共和国」に帰るのも地獄だった。

二人のハラボジ

母のアボジも、アボジのアボジも、私がまだ幼児だったころに死んでいる。私はこの二人の祖父（ハラボジ）にとっての初孫だった。

母のアボジは飯田橋（東京都千代田区）で鉄屑《てつくず》業を営んでいた。暮らしぶりは安定していたようだ。初めての孫の誕生に、飯田橋から白山御殿町まで、自転車に乗り、三十分ほどの道のりを毎日通ってきたという。

娘である私の母の嫁ぎ先には、すでに病床についていた、もう一人のハラボジがいた。二人のハラボジは、たがいのあいだに赤ん坊を置き、かわるがわる抱っこをしたという。二人にだけ通じる目線で、言葉もなく、ときおり微笑みながら。

　アボジが言うには、「おれには恐いだけの親父だったが、おまえをほんとうに可愛がった。目に入れても痛くない、この言葉がぴったりだった」。

　若いころのハラボジは、仕事を終えると一升瓶を下げて家に帰ってきて、晩酌を始めるのだが、自分の好きなつまみは自分の分だけ買ってこさせ、けっして妻や子どもに分けなかった。ところが孫には、自分が我慢しても、食べたがったものは、目をほそめ食べさせたという。子どもを抱くような人ではなかったのに、孫はほおずりして抱いたという。

　ハンメは夫であるそのハラボジを、大酒呑《の》み、とひと言で表現する。病状が悪化して酒などもってのほかというときでも、一升瓶を片時も放さず、枕元に置いていたという。ハンメや嫁が少しでもからだによかれと思い、水で薄めると、たちどころに知れるところとなり、暴れだした。死ぬまで酒を放さなかった。夫に刃向かうなどは考えもおよばなかったし、妻が自分の考えを口にするなんて想像を超えていた。そんな夫婦が現実だった時代。それでも、結婚をしないと罪悪と思い込んでいたハンメ。

いっぽう、母のアボジは、男にしとくのはもったいないほどの人だったらしい。手先が器用でなんでもこなしたという。編みものはハラボジに習ったと、母は自慢していた。努力家だったようで、日本語は自分で勉強し、読めて書けるようになったようだ。日本に来て鉄屑の事業を起こすのに、だまされないよう、帳簿記入も必死に自分でこなしたそうだ。あの時代の父親、夫としてはやさしい人だったようだ。母は私が幼かったころ、自分の父母や兄弟のことを懐かしく話してくれた。

私にはやさしかった二人のハラボジたちが、どのような理由で日本に渡ってきたのか、もはや聞くことはできない。家族らからの話も心もとない。二人とも全羅南道《チョルラナムド》の、戸籍に載っている本籍地あたりの出身だろうとは憶測できる。

いつか、その土地の風に吹かれてみたい。時代は変わって、風景も変わって、人間の思いも変わっているかもしれない。けれども、消しがたいなにかがあるような気がする。それが、私の奥の奥のまだ眠っている感覚を目覚めさせてくれるかもしれないし、まったくの無になってしまうかもしれないが、そこからふたたび人生というものを始めてみたい。

風邪

虚弱で生まれた私は、冬になるとかならず高熱を出し、数日寝込む。決まって同じような夢を見る。いつもいつも、なにか得体の知れない影や鬼に追いかけられる夢。崖まで追われ落とされそうになり、怖くて怖くて、はっと目が覚める。あ〜生きていた。夢だったんだ、よかった。

その都度、氷川下セツルメント病院（当時）の先生が往診にきてくれた。「近くにあの病院があって、ほんとうに助かる」。母の口癖。咳《せき》が出はじめると、長ねぎにガーゼを巻き、手ぬぐいをさらに巻き、それを首に巻いていた幼児のころ。民間療法だったのか。

ハンメはよく、朝鮮人参を煎《せん》じて飲んでいた。コトコトと半日かけて煎じる日は、家じゅうが漢方薬の独特の匂いに包まれる。一度だけ飲ませてもらったが、口に入れた瞬間、湯気が鼻腔《びこう》を刺激して、口のなかが土の匂いで充満し、最後まで飲めなかった。

成人して知りあった友は、朝鮮人参をよく飲まされたと言っていた。彼女も小さいときは病弱だったそうだ。いまは千葉に住んでいるが、小学校までは東京に住んでいた。なんと、ハンメが働いていた小石川後楽園の塀に沿ってあった「朝鮮人部落」。

東京オリンピックの開催が決定すると、東京じゅうが建設ラッシュになった。都市整備や道路拡張の名目で、いたるところにあった「朝鮮人部落」の住人は強制退去を命じられ、各地へ散っていった。そのなかの一人だった。不思議なめぐりあわせに二人で驚いた。「小さいとき、ねぎ巻いた」「巻いた巻いた」と言って、笑った。「私なんかね、食事のまえにかならずドンブリ一杯、朝鮮人参だからね」。

盲腸だったのだが医者に行けないのでとうとう腹膜炎を起こし、手遅れになって死んでしまったおじさんがいたと、彼女は話してくれた。あの当時、「在日」は国民健康保険なるものに入れなかった。私が十二歳の誕生日を迎えたころに、やっと入れるようになる。

高熱が続くたびに母は苦慮しただろう。からだの回復とともに金の工面の心配を。それを救ってくれたのが、氷川下セツルメントの医療生協の組合であった。

子どもが病気で苦しんでいる姿を目の当たりして、手を打てないほど苦しいことはない。親になって実感する。

チュサ

調布のコモ（父方のおば）からの電話。「鶏《とり》はこっちで用意するから。朝行ってしめてもらう」そうだ。

きょうはチュサの日。母は明け方から忙しい。

当時はめったに食べられなかった牛肉のご馳走《ちそう》が出る日で、コモが持ってきてくれる鶏は丸ごと大鍋に入れ、たっぷりの水と少々のニンニクで茹《ゆ》でる。もちろんその鶏もチュサの祭壇に飾られるのだが、祭礼が終わると、私たち人間の胃のなかにおさまる。手で肉をむしりとり、塩を少しつけて食べる最高の美味。煮汁はごはんを入れておじやにする。

わさわさと大人たちが、朝から家じゅうにあふれる。従姉妹《いとこ》たちと一日遊んでいられた年齢までは、きっと楽しかったのだろう。みんな貧しく、年に一度のチュサの日を親戚《しんせき》じゅうで楽しみにしていた。なんたって朝鮮人として、こんなに一日じゅう、無礼講の日はないのだから。まわりには日本人の家も多いが、うちが朝鮮人だということは知っている。だから、年に一度のどんちゃん騒ぎを気にかけていたふうもなかった。

それがいつごろからだろう、親戚のそれぞれの家庭にゆとりができてからだろうか。

——ならぶ供物の種類や順番がおかしい。まだ韓国に行ってないのか。ウリマルもしゃべれない者がどうして韓国に行ける……。

チュサの場に不穏な空気が漂う。親に手をひかれて来ていた従姉妹たちもそれぞれ成長し、いっしょには来なくなる。私はその日は友の家に外泊するようになり、やっかいな一日となる。

罵声《ばせい》が飛び交うチュサなら、ないほうがよい。いくどもそう思った。両親にも言ってみるが、長男の家だからしかたないのよと言うばかり。親戚どもにバカにされるためだけの、チュサのための一年満期の郵便貯金。どこまでお人好しの夫婦なのだろうか。思春期の反抗期まっただなかの感情で、親を眺めていた。親戚なんてなくていい。血のつながりへの嫌悪感。

それがどうしたのだろう、このごろふと、チュサをやってみたくなる。実家ではとうにやらなくなったというのに。

四十年前、チュサを終えた日の真夜中になると、小皿にそれぞれの供物を少しずつのせ、四つ辻《つじ》にそっと置いてきていたオモニ。家のなかに入りきらない祖先に食べてもらうのだそうだ。それは朝鮮の貧しい農民たちのやさしさだと、私は勝手に解釈している。食べるものも思うようにいかない人びとへの施しを、儀式にとりいれ受け継いできたのではないかと。そんな慈愛に満ちたチュサならやりたい。

名もなく地位もなく屍《しかばね》となった、多くの民衆に思いを馳《は》せる一日。民族も国籍もイデオロギーも超えて、無念の炎をチロチロと燃やしつづけるために。

ドブロク

「おまえはドブロクの匂いで育ったので、こんなに酒が好きなのかね……」

ハンメはため息まじりに言う。

「ドブロク、うちでも造っていたんだ」

「お金になることはなんでもしたさ」と母。

買い手は昼はこないで、かならず夜きたそうだ。人間の心理っておもしろい。

「どうしてキムチは売らなかったの」

「あのころキムチは、お金を出して食べる人はいなかったんだよ」

「いまと違うさ、スーパーで売っているいまと」

新宿や池袋、渋谷など、繁華街といわれる街にはかならず「韓国家庭料理の店」がある。もちろん従来の焼肉屋は言うにおよばず。韓国の酒といえば焼酎《しょうちゅう》が定番だったが、マッコリ（ドブロク）も普及してきた。年間に韓国と日本を行き来する人の数を考えると、それも当然だろう。ライスワインとも称されている。

飲み口がソフトなせいか、女性の人気も高い。とくにいまどきの若い女性は、アジアへなんのこだわりもなく旅行し、その土地の食べもの・飲みものをてらいなく吸収してくるので、日本に帰ってからも、そんなお店に足しげく通う。ファッションの一部になりつつある。マッコリもまたエスニックな飲みものとして。

密造酒としてドブロクが幅をきかせていたころは、男たちだけの飲みものだった。世間でのうさを晴らすのにもってこいだった。賃金の安い肉体労働の疲れを唯一、癒してくれた。酒に呑まれでもしなければ眠れない夜の相手でもあった。

女たちは、そんな男たちにブツブツと言葉を濁しても、ドブロクを造った。もちろん売るためでもあるが。

亭主の給金だけでは家計がまわらない。女たちは、亭主よりさらに安い賃金で働く。その合間にドブロクを造る。私のハンメもそうだった。

警察の手入れにもあっていたそうだ。そんな夜はドブロクをどぶに流すので、「どぶじゅう真っ白になったのさ」とハンメ。押入れにたいせつにしまっておいたドブロクを、自分たちで流すこともあったのだそうだ。

ハンメの買い物

私の結婚が決まったとき、「布団は私が用意する」と言って胸を張ったハンメ。

家のなかでいちばんいい布団に寝ていた。いっしょに寝るとよくわかった。馴染《なじ》みの布団屋があり、その店でしか寝具は買わなかった。

新居にその店のおかみさんを従え、一対の布団を運ばせた。

「あなたのおばあちゃんとは古いつきあいですよ」「まあ、こんなに大きくなって」と言われても、私の記憶にはおかみさんの姿はない。五組の座布団を指し、「これは私からのお祝いです」。

小石川後楽園の園庭掃除の仕事をしながら貯めたお金で買ったのだ。行政の失業対策事業。私が小学生のころは、リヤカーに竹ぼうきやチリトリなどの掃除道具を載せ、三、四人で組んで、道路や公園の清掃をしていた人びとがいた。その人たちも同じニコヨン。うちの隣の、ハンメと同じ一世のおばあさんは、道路の掃除をしていた。道で会うと気さくに挨拶を交わす。

ハンメは、「私は恥ずかしくて町の掃除はできない」「だから、後楽園にしてもらった」と言っていた。

幼い私は、その気持ちが理解できなかった。近所には、大の大人が家でブラブラして、朝から酒を飲んだりしている人もいた。そんな人たちより、真っ当に仕事をしているのが、なんで恥ずかしいのだろう。

五年生のとき、なぜその話になったのか、担任が「ニコヨンって知ってるか」とクラスで聞いた。「まあ〜つまり、そんなことでしか働けない人たち——」。

ハンメの恥ずかしさと私の悔しさが、心の深い深いところに、澱《おり》になって重なっていった。

読み書きはできないが、買い物が大好きなハンメは、仕事帰りによくデパートに寄ってきた。買い物といっても小間物ばかり。下着やらタオル、靴下など。駅の名前も読めないのに、よく乗り換えられると感心されていた。基点の駅が数個あり、風景をしっかりと覚え、その駅から何個目と数えるのだそうだ。

ハンメが帰ってきて自分の部屋のある二階へ着くと、かならず私を呼ぶ。私が呼ばれると母は、「お金もないのに」「きょうも三越だよ」。

その声を尻目に、嬉々《きき》として二階へ階段を登っていく。待ってましたとばかりに手さげカバンからゴソゴソと、きょうの買い物の品を出し、レシートとお釣りの入った袋をその上に置く。レシートの数字とお釣りを私に計算させ、「ちゃんとお釣りあってるか」「ほんとうにあってるか」と確認する。

とてもたいせつな仕事をしているのだと思った。私の「勉強」が役に立つのだから。学校へ行くのも悪くない。ハンメの満足そうな顔も見られるし。自尊心をおおいに満足させていた。「おまえはほんとうに利口だね」とその都度、言っていた。それがまたうれしかった。

「ハンメもいっしょに勉強しよう」と、ノートと鉛筆で二人で「あいうえお」を学習した。いっときだけ。なぜ続かなくなってしまったのか。私があきらめたのか、彼女がいやがったのか。もし続けていたら、ひらがなくらいは読めるようになったのだろうか。

老年になってから、「墓がないのはここでは犬といっしょだ」と、ハンメの仕事仲間が話していると言う。墓がないと死んでも死にきれないと、コツコツと貯金に精を出しだした。老人性痴呆になるまえに、自分でちゃんと墓を用意した。

九十歳で、眠るように童女の顔でハラボジのところへ行った。

坂の上の学校

理科室と図書室

「安田、日本人なら日本語はわかるはずだ」

教室じゅうにはりつめた緊張感。子どもたちは（もちろん発言者の教師も）、通名の私が日本人でないことを知っていたので、「日本人なら」の言葉にドキッとしたのだ。

小学校六年生の冬。終わりの会での担任の叱責《しっせき》。起立、礼、の号令はもちろん耳に入ってきた。からだが重く感じられ、机に突っ伏していた。

私は、からだをどうしても動かせずにいた。翌日から高熱がつづき、一週間ほど学校を休んだ。

五年生から担任になった理科の先生。違和感の始まりは授業中だったか、席が近い友だちとのおしゃべりを注意された。私だけ、なぜか廊下に立たされた。そのときの「安田、廊下に立ってろ」の声に、クラスじゅうがざわついた。当然、同じように立たされるであろう人たちの名前が呼ばれなかったからだ。

担任が理科の先生なので、私たちのクラスの掃除は、教室のほかに理科室を受けもつことになった。理科室の掃除は楽しかった。さまざまな実験器具や顕微鏡を見ているだけで、なんだか明瞭《めいりょう》な思考をもつ人になれるような気がした。とくに人体模型には魅了された。なに人でもやっぱり血は赤いんだよね。

心臓、胃、腸……。

日本人も朝鮮人も同じじゃない。ハタキをかけながらそれぞれの臓器を確認する。

理科室のベランダには花が咲いている。当然、水やりも掃除当番の仕事。家にジョウロのある人は持ってきてほしいと言われていた。私はなぜか、学校へジョウロを持っていきたいと強く思った。母にねだってねだって、説きふせてやっと買ってもらい、嬉々として登校したのに。

先生からの笑顔はもらえなかった。それ以来、花の水やりには参加しなくなった。ベランダには出ないで、ひたすらハタキをかけるふりをしながら、人体模型を眺め、臓器の名称を口ずさむ。

家庭訪問が始まった春のうららかなそよ風のなかで、仲よしの裕子ちゃんから「家庭訪問、きのうだったんだよ……」「あのね、先生ヘンなこと言ってたって、ママがね。安田とはあまり仲よくさせないほうがいいですよって。ヘンだよね」「私はいままでどおり仲よしの友だちだから」。

私はひと言もなく、彼女の声だけを追っていた。彼女はわりと裕福な家の子で、ハキハキとしたお嬢さんのおもむきを漂わせていた少女だった。

私たちの小学校は、中学受験が当時からあたりまえの学校だった。当然、彼女は受験組で、家庭教師について家庭学習をしていた。

いま思うに、シャーロック・ホームズやアルセーヌ・ルパンが二人とも好きで、学校の図書室に通っては、代わりばんこに本を借りていて仲よくなったのかもしれない。

何回か家まで遊びにいった。ロマンス・グレイのステキなおじいちゃまがいつもいて、肘《ひじ》掛け椅子《いす》に座り、パイプをくゆらしていた。子ども心に、ああいう人が「おじいちゃま」っていうんだ、「じいさん」ではないな、なんて、私の家のまわりの人たちを思い浮かべて一人合点《がてん》した。

もちろん、おやつは紅茶とともに、クッキーかケーキか果物がかならず出された。

一度だけ、どうしても育子ちゃんちに遊びにいきたいとの彼女の申し出に、断りきれずに連れてきた。

小さな木造の二階屋。一階の半分はアボジの仕事場。狭い廊下をへだてて食堂兼居間(食堂とか居間とかいう雰囲気はない)。靴の加工業なので糊《のり》の匂いと、そしてキムチの匂いが充満している。わが家でいちばんきれいな二階のハンメの部屋で遊んだ。

下の階で靴を叩くアボジの仕事の音を聞きながら、二人でなにをして遊んだか、まったく記憶にない。とにかく、嫌われないようにとだけ神経をつかっていたのだろう。

家の近くの信号のところまで送っていった別れぎわ、ポツリと裕子ちゃんが「育子ちゃんちって、あったかいね」「またあした、学校で会おうね」。

それからしばらくして、裕子ちゃんの両親が離婚したという噂《うわさ》が流れた。

私たちはなにごともなく、その後も友だちだった。あいかわらずの「図書室通い」をしていた。

裕子ちゃんは、小学校卒業と同時にどこかへ引っ越してしまった。

私の夢

片腕がなくてもいい。親が一人でもいい。とにかく日本人になりたかった。それが、小学生高学年のころの私の思い。夢にまで見た。いま思えばいじましい。夢に担保をつけているのだから。それはそれとして、なんであんなに「日本人」になりたかったのか。学校へ行きだすと違和感を感じた。祖母を無邪気に「ハンメ」と呼んでいたが、いけないらしいのだ。おばあちゃん。ばあちゃん。ばーちゃん。このように呼ぶのが正しいらしい。

母はキムチを「おこうこ」と言っていた。みんなの家で食べるおこうこは、赤い唐辛子に漬けていない。ニンニクも入っていない。スッカラはスプーンだし、料理がニンニク臭いなどもってのほか。

たちまち「朝鮮人」と後ろ指をさされる。わいわいとはやし立てるのでなく、陰湿にまとわりつく。からだの芯《しん》から腐蝕《ふしょく》してしまうような恐怖。なんとかみんなと同じになれば、それらから逃れられそうな感覚に陥る。

家族に話せばなぜか両親の心配事を増やしそうで、相談できない。いたって元気に毎日を振る舞う。生まれ育った家だし、まわりの家も貧しさにおいては似たり寄ったりで、緊張はなかった。小学校の友だちへの接し方に神経をつかった。家には友だちは呼べないと合点した。上級生になればなるほど注意深くなる。なにかを隠そうとする自分を嫌悪する。けれども、そのなにかが探せない。

おぼろげに、「日本人」でない家に生まれてしまったからだろうと推測した。なんで「日本人」でないのだろう。此処《ここ》に生まれて、いままで暮らしてきているのに。まわりの人たちとも同じような生活をしているのに。キムチを食べるのがいけないのか、ハンメがアボジを連れて「この地」に渡ってきたのが罪なのか。

近所にいた友だちのお兄ちゃんは、よくこんな歌をうたっていた。

――朝鮮人、朝鮮人パカにスンナ。おなじメシ食ってナニワルイ。頭のていどがチトチガウ――

彼らの家の父親は朝鮮人だったが、母親は日本人だ。子どもたちは母親の子どもとして、日本籍を得ていた。

彼は、朝鮮人を嫌って歌っていたのではないと思う。日本人にも朝鮮人にも依拠できないもどかしさから、ピエロを演じていたのではないだろうか。

幼い私にはすべてが謎《なぞ》だった。大人は知らんふりを決めこんでいるように映った。大人には頼れないと心に刻んだ。

セツラー

貧民街とまではいえないが、貧しい都市住居街。プロレタリア文学の「太陽のない街」（徳永直）のモデルになったところ。

その路地には同い年が四人いた。小学生のころの懐かしい思い出。その四人を集めては勉強を教えたり、遊んだりしてくれた大学生のお兄ちゃん・お姉ちゃんたちがいた。その人たちはセツラーと呼ばれた。国立のお茶の水女子大学や東京教育大学（当時）、東大の学生がほとんどだった。

セツラーが来るのは日曜日の午後。四人の家を順番に使って、本を読んだり、算数の数式を学んだりした。天気のいい日には、近くの公園でドッヂボールなどをした。散歩を、実感として体験させてくれたりもした。

朝からとても寒く、午後からは雪が降るというお天気模様の日。その日の当番だったT君の家で、いつもより来るのが遅いセツラーを待っていた。当然のように雪が降ってきて、心なしか失望ぎみの子どもたち。

「きょうは来ないよ」「そうだね……」

「遅くなってごめん、ごめん。ほら、これを借りるのに手間どっちゃった」

お膳に顕微鏡が置かれた。理科室にある顕微鏡といっしょだ。みんなの目がいっせいに輝いた。

「きょうはね、雪の結晶を見よう」

「ワアアアー」

歓声をあげながら、お膳を囲む。顕微鏡の操作に慣れるように、最初はみな、自分の髪の毛を使った。頭をかきむしってフケを見はじめる子も出てくる。

「そろそろ本番」「まずはじめは雪を感じよう」「外に出て、手で雪を触ろう」

ワクワクしながら、空から降ってくる雪をてのひらに乗せる。てのひらに乗った雪はすぐに溶けてしまう。こんなんで結晶が見られるのかしら。

まず、細長いガラス板（スライドグラス）を雪で冷やした。そこへ雪を乗せて、その上にカバーグラスを当て、対物レンズの下に置く。

「ワー、雪印のマークだ」「ほんとうだ」

指先が冷たくて真っ赤になっても、気にもとめなかった。


小学六年の夏には、念願だったキャンプに出かけた。お金がかかるので、セツラーが一人ひとりの家を説得に歩いた。親たちはあんがいあっさりと承諾した。

地下鉄丸の内線・茗荷谷《みょうがだに》駅から新宿へ、中央線に乗り換えて立川へ、最後は青梅線で奥多摩へ。日原鍾乳洞《にっぱらしょうにゅうどう》ちかくのバンガローにはお昼過ぎに着いた。さっそく、バンガローのまえに流れる川にスイカを冷やす。夕食後のデザート用。キャンプといえばカレー。お米をとぎ、飯盒《はんごう》でご飯を炊く準備も万端だ。

その日は川で思いっきり遊んだ。川で泳いだのは初めてで、冷たかった。山の夜は暮れるのがとても早かったが、おきまりの花火もしっかりとした。

二日目の午前中に、鍾乳洞に出かける。なかがヒヤッとしてて薄暗く、幻想的な世界だった。さまざまな形をした鍾乳石は、天井から垂れ下がっているものもあれば、床に落ちたのが重なって柱のように立っているのもあった。お昼には帰りの準備。夕方、全員無事帰宅。一泊二日の夏休みのキャンプの終了。

その夏は、段ボールで都市模型も作った。小学校最後の夏なので、セツラーが気をきかせたのかもしれない。

親たちがとりたてて仲がよいというわけでもないが、四人にとって親友とか、幼なじみを得た夏だった。

教会

小石川植物園の正門の左手にある、だらだら坂を上りきったところに、その教会はあった。幼稚園が併設された教会。シスターも数人いた。

毎週日曜日、通った。日曜日が待ち遠しくなった。小学六年になって友だちに誘われ、初めて足を踏み入れた教会。ステンドグラスの美しさに目をみはった。

私を誘った友だちは、二度ほどいっしょに行っただけで、教会には来なくなった。彼女は魂胆があって誘ったのだと、その後、別の友だちから聞いた。あの当時、クラスでは二人の女子が覇権を争っていた。私は気づいていたが、知らんふりをしていた。どちらの陣営も数に頼っていた。

クラスのなかで女子だけがつぎつぎと色分けされた。誕生会に招待されたとか、なにかをもらったとか。私をも仲間に引きこもうと、どちらの陣営も躍起になっていたそうだ。彼女は、自分の知識をしめそうとしたのかもしれない。教会って知らないでしょ、と。

彼女と教会に行けなくなっても、なんとも感じなかった。教えてくれただけで満足だった。

こんな世界が、すぐ近くにあったなんて。礼拝に来ている人が崇高に見えた。両親と同じ年頃の人もいて、あの人たちの日常はどんななんだろうと思いをめぐらせた。ピアノにあわせて、賛美歌をうたう自分に酔っていた。

家に帰り、母に話しても、耳をかしてくれなかった。私だけでもこの環境から抜けだしたい、そんな願望だったのかもしれない。

クリスマスが近づくと、班に分かれ、幼児とともにそれぞれに劇をする。ミサが終わっても帰らないで、併設されている幼稚園の部屋で、幼児たちと練習した。聖書のなかの物語を、劇に。脚本はシスターが用意した。

クリスマス当日は、幼なじみを招待した。牧師さんが、だれか友だちを招待するように話したので、そのようにした。彼は、教会のクリスマスミサと劇に感動し、日曜日に通うようになる。

年が明けて、三月になるとイースターだ。復活祭。教会では、本来はクリスマスより復活祭を重要視していると、初めて知らされた。イースターは小石川植物園で催された。早朝に集まり、キリストの復活を祝った。おごそかで神聖な気分になっていく。

小学校の五、六年の担任は、私を疎んだ。みんなで騒いでいても、私だけが立たされた。友人の母親に、「安田とは遊ばせないほうがいいですよ」と平気で言う教師。このまま地域の中学校に行っても、状況は変わらないだろうと考えていた。家には、どうでもいい噂話が氾濫《はんらん》していた。抜けだしたい、抜けだしたいとの思いが溢れていた。どこにも私の居場所はなかった。

教会だけが安息の場所だったのだろう。寄宿学校にあこがれた。この地域からどうしても離れたかった。母には一度、お願いした。

「シスターになりたいので、ミッション・スクールに行きたい」

一笑にふされた。

「どこにそんな金があるのよ」「よ~く、考えてごらん」

アッポ

アッポ、同じ年生まれの私の従姉妹。小児麻痺《まひ》と股関節脱臼《だっきゅう》で、思いどおり歩けなかった。夕方にやった焚《た》き火、ママゴト遊び。がに股で歩くアッポの手を引きながら歩いていると、悪ガキたちがはやしたてる。アッポは、私が小学校へ入るまでの友だちだった。

アッポのお父さんはとてもやさしい、口数の少ない人だった。夜明けとともに起き、まず朝刊の配達をかたづけ、土方仕事に出かける。収入はアッポの治療費になる。来る日も来る日も働きづめだった。ある朝、床から起き上がれなくなり、病院にも行かず、そのまま帰らぬ人となった。

アッポは施設に入れられた。大きくからだが成長したアッポの世話を、仕事をしながらおばさんがみられなくなったこともあるだろうし、おばさんの再婚が結論を急がせたのかもしれない。

アッポには二人の兄がいた。いさむとおさむ。よく四人で遊んだ。その二人は「帰還船」に乗って「朝鮮民主主義人民共和国」へ渡った。アッポの家族はバラバラになってしまった。

いまから三十数年前、日本は高度経済成長期をひた走っていた。だが「在日」の、それも土地も地位もない私たちは、その「おこぼれ」さえあてにできないでいた。どこの家庭も家族の生活を守るので精一杯。アッポのおばさんの決断に口出しなどできない。

私は、中学・高校へと成長するとともに、アッポの存在をわきへ押しやった。

自分の世界を守るのに躍起になっていた。将来にあてもなかった。日本国籍をもたないと、就職さえおぼつかなかった。大学への進学は、親の反対であっけなく挫《くじ》けた。家を出る勇気もないまま、人のつてで就職。会社の新しい環境に溺《おぼ》れていった。家族や親類たちと違う大人の存在が眩しかったのかもしれない。

二十歳を過ぎたころだったか、アッポの死の知らせを受け、なぜか心の重荷が軽くなった気がした。自分だけが青春を生きているのが後ろめたかったのだろう。施設を転々とさせられ大人になっていくアッポの近況を、叔母からときどき聞いても、なにも言葉が見つからずにうなずいているだけだった。残酷な私がそこには居る。

私の叔母

いっしょに住んでいた叔母の最終学歴は、書面では高等学校卒だが、実質は中学校までしか出ていない。それも、中学校のときから家出をくり返し、卒業後、一時、町工場へ働きに出たが、いつの間にか失踪《しっそう》した。

私の母は、叔母の母親代わりの役を担っていた。叔母の母親であるハンメは文字も読めなければ、日本の学校や社会への対処の仕方もわからなかった。学校からくる「お知らせ」は私の母が開けて読み、処理をしていた。叔母にとっては、いくら兄のつれあいといっても、赤の他人に自分の学校生活のことをこと細かく知られ、あからさまに伝わるのは心外だったのではないだろうか。

叔母は学校は嫌いだったが、本は好きだった。家にある本はすべて叔母のもの。わが家で本を読む人は叔母しかいなかった。私に「読書」を教えてくれた人だった。母とはギクシャクしていたが、私は叔母が好きだった。勝気な性格だったがやさしさをもっていた。「育ちゃん、うちは貧乏だけど、家があって、あんたには両親がそろっている」「世の中にはね、もっともっと哀しい暮らしをしている人はたくさんいるんだよ」と言っていた。

私が中学校に通いだしたある日、定年間近の英語の先生から突然、声をかけられた。「きみ、安田君の姪《めい》じゃない？　彼女は元気にしてる？」

黙ってうつむく。そのとき叔母は失踪していたので、私にはその質問に答える返事がない。

家に帰り、母にその先生との会話を話すと、「きっと前田先生だ」「あの先生にはよくしてもらったんだよ」「よく話も聞いてくれた。ああ、先生元気だったんだ」と涙ぐむ。ほかの先生からは「非行少女」と呼ばれ、「保護者」として肩身が狭かったのだろう。

中学校は坂の上にあり、学校から坂を下って帰る生徒を無視したり、あからさまな偏見をもって接している先生が数人いた。授業中など、教室の生徒のまえで、「坂の下の生徒は学習意欲がない」と平気で発言していた教師もいた。

坂の下の家庭は、経済的にも裕福とはいえなかった。私のまわりの家も同様で、父親の給料だけでは家計が苦しく、母親たちはみな、なんらかの労働に携わっている。ＰＴＡの役員をひき受けるのはいつも、坂の上の母親たちと決まっていた。教師から見れば、教育に不熱心な親たちと映っていたのだろう。

隣の姉さん

「ＫＣＩＡが私を狙《ねら》ってる」。隣の家から響く大声。

また始まったんだ。朝鮮大学を卒業して、教師になったころは、はりきって通勤していたのに。いつのまにか、日中ブラブラしている姿をよく見かけるようになった。家族の話だと、「理由は知らないが教師はとっくに辞めた」らしい。サンダルをつっかけ、目が宙に浮いたようになって歩いている。

隣の姉さんは、地域の学校へは通わずに「朝鮮初等中等学級」に通学した。女子が通学に着る、黒いチマチョゴリに身を包んだ姿容は凛《りん》としていた。私とは十歳ほど年が違い、若いほうの叔母の年齢に近い。どういうわけか、姉さんと幼いころに遊んだ記憶がない。叔母とも親しくはしていなかったようだ。ハンメと隣のおばさんも年は近いが、親しくしていたのだろうか。故郷がどこか、知っている者はいなかったはずだ。

姉さんには、二人の兄さんがいた。父親はとうに亡くなっていた。母親一人で三人の子どもたちを、成人になるまで育てた。

私が中学生のとき、その長男の妻に誘われ、正月に成田山の沿道にならぶ屋台でバイトをした。お好み焼きや焼きそばをおじさんがつくり、妻と私が注文をとって席まで運んだ。夫婦の小さな子どもたちは屋台の近くで遊んでいて、ときおり私にちょっかいを出してくる。全国各地を回っているらしいが、子どもたちが小学校へ行くようになったら留守をどうするのかしらと、子ども心に心配した。

下の兄さんは、幼いころから車椅子の生活を送っていた。下半身は学童期から成長が止まっていた。背中の右側が隆起していて、まるで瘤《こぶ》ができているようだった。けれども顔だちは穏やかで、話し方も落ち着いていた。母はよく言っていた。「あの兄さんは、ほんとうに頭がいいんだよ」「からだがあんなじゃなかったら、おばさんも苦労が減るのに」。

姉さんがおかしくなりだしたのは、私が成人してからだから、一九七〇年代。そのころ韓国は朴正熙《パクチョンヒ》大統領の時代で、軍事政権を敷いていた。分断された両国の緊張は高まっていて、スパイ事件が日本の新聞にもたびたび載《の》った。

私は、自分の国籍のある国に恐怖感を抱いていた。いっぽう、北の共和国といえば、五九年から「日本での生活苦よりも祖国建国を……」と続々と「在日」を受けいれていたが、私の近親で子どもや親戚が共和国に行った人たちからは、当初から芳しくない風説が流れていた。帰国する人数も減り、帰還船事業は六七年にいったん終了する。

おそらく姉さんは、二つの「祖国」の事情に精通していたのだろう。朝鮮大学の出身で朝鮮学校の教師をしていた者に、おいそれと日本での就職は望めない。日本も「祖国」も閉塞《へいそく》した状況のなかで、心を閉ざしてしまったのだろう。数年後に自殺する。

満《まん》さん

阪神・淡路大震災のときである。

「日本人が襲ってきたらどうしよう」という言葉を聞いた。

関東大震災（一九二三年）の歴史の記憶が蘇《よみがえ》ってきたのだろう。なんともやりきれない話を聞いてしまった。

直接、私が聞いたわけではない。震災の翌日、私の友人は、神戸に住む友が心配になり、安否を確認するために電話をかけたのだった。その電話でのやりとりである。さいわいその友の家は倒壊することなく、家族にもケガ人は出ていない。

関東大震災のとき、日本にいた朝鮮人がたくさん殺された。「朝鮮人が暴徒化した」とか「朝鮮人が井戸に毒を入れた」とかの噂やデマが流れ、それを信じて各地に組織された自警団に、残忍に殺された。

その話を最初に聞いたのは、中学校の教室でだった。一年生の社会の授業だった。満《まん》さんの愛称で、生徒に人気のあった先生からだ。

世界地図の時間だった。日本が真ん中にある世界地図。せつなかった。私は、この教室には不似合いな中学生。

そのとき、大きな声で満さんは言った。

「みんな、よ〜く見てごらん」

「朝鮮半島はおっぱいみたいだろう。日本は中国の文化を吸収するのに、朝鮮のおっぱいを吸って成長したんだ」

解放された。私はこの教室にいてもよいのだと。

そのあとで、関東大震災の話になる。

「朝鮮の人を見分けるために、ある言葉を言わせたんだ」

「十五円五十銭」

朝鮮語では、単語のはじめに濁音がくることはない。これは、のちに朝鮮語を学んだときに確認した。

朝鮮人に言わせた「ちゅうこえんこしゅせん」。言った人は捕らえられ、虐殺された。教室でその話を聞いたとき、私のからだは震えた。朝鮮人と間違えられて殺された日本国籍人も多かった。

満さんは、五月一日のメーデーに参加したあとの授業では、かならず各クラスでメーデーの由来を話した。生徒たちは心ときめかせて、満さんの授業を受けていた。社会科は私の大好きな教科となる。社会への関心をひらかせてくれた。

卒業年度の三年生になると、社会科では政治経済を学ぶ。当然、私たちは満さんが教えるものだと思っていた。ところが、満さんは三年生を担当できないとの不文律が存在していたのだ。共産党員だから。

いわく「共産主義を教えるようなことは避けたい」「政治の話は学校ではしてはいけない」。

納得できなかった。満さんが共産党員であるのはみんな知っていたが、それでも満さんの授業を受けたかった。私たち生徒代表は、校長へも直談判した。党員のまえに教師である満さんを信じていたから。受けいれてもらえなかった。

高校のバスケット部

高校受験が迫ったある日、部活の顧問から「私立のM高校を受験してみないか」と言われた。進学は都立高校しか考えていなかったので、一瞬とまどった。母親に話すと、「授業料免除なら、私立高校もいいね」と言った。

私の通った中学校のバスケット部は、都大会の連続優勝校で有名だった。顧問の先生の辣腕《らつわん》ぶりも地域で有名だった。中学校に入学すると、放課後、生徒は部活動に専念する。部活に登録のない生徒はいなかった。

　バスケットを選んだが、家のまわりの先輩たちは、「バスケット大変だよ、スパルタだから」と言った。きびしい練習の噂が響いたのか、その年の一年生の新人部員は私をふくめ、四人しかいなかった。バスケットの顧問は、陸上と器械体操も指導していた。

　二年生になって新人戦が近づくと、陸上部から二人、バスケット部に移籍してきた。強引な誘いだったようで、陸上部の部員から、私たちは批判をあびた。陸上部とは部員同士、仲がよかった。陸上部は人数が少なく、そのままでは公式戦に出られないので、よく応援に駆りだされ、練習もいっしょにしていたからだ。今回の二人の移籍は、陸上部そのものの存続を左右するものだった。

　そんなにまでして部員を増やしても、私たちの代は都大会では優勝できなかった。

　高校から直接のスカウトはなかったが、いつも練習試合に行っていた高校から声がかかったのだ。

「すべりどめの私立も受けるのだろう。あそこ受けてみないか。来てほしいそうだ」

　家に帰り、母にふたたび話すと、「そうね、そうしたら。でも都立をめざしてね」。

受験が終わり、都立高校への進学を決めた。あとで顧問から、「あの子はうちには来ないよ。あんないい成績じゃうちを選ばないだろう」とM高校の先生が言っていたよと聞かされた。M高の入試は、満点に近かったらしいと聞いた。

高校生活にも慣れたころ、バスケット部の部長であるN先輩に、廊下で呼びとめられた。

「車《シャ》さん、中学校のときは、きみ、安田という名前だったでしょう」

「ええ」

「だから、わからなかったんだ」「ぼくの親父が一中の校長で、とにかくバスケットの優秀な子が行くからと言うので、入学者名簿を調べたんだけど、安田っていう名前、なかったから。陸上はやめて、バスケット部に来てよ」

高校では、団体競技であるバスケットとは縁を切り、個人技である陸上競技をやろうと思っていた。なぜか、自分自身がスポーツマンとしてどれほどの選手か見極めたかった。

陸上部にはまだ正式に入部していなかったが、毎日練習には出ていたころだ。

「陸上部の部長とは友だちだから、話はついている。きょうからでも練習に来てくれない?」

数日たった放課後、体育館をのぞきにいった。中学校の練習との違いに驚いた。高校の練習は、部員みずからが組み立て、自主的に動いていた。それと同時に、バスケットの好きな私を発見してしまった。

陸上部の部長に私の気持ちを話すと、「ああ、Nから聞いている。そうなると思っていた、しかたないよ」「N、喜ぶよ」。

その日の放課後から、また、バスケットの日々が始まる。

練習しても練習しても、公式試合は三回戦進出までだった。まわりからは、無名の高校バスケット部が三回戦まで進んだだけで快挙と言われた。

大学受験の季節を迎えたころ、朝の登校時間に学校へ向かう道すがら、チームメイトが言った。

「車ね、いままで言えなかったけど、私たち弱小でよかったんだよ。だってね、あんた日本人じゃないでしょう。これで、総体（全国高等学校総合体育大会・通称インターハイ）の常連チームだったら、あんただけ試合に出られなくなっちゃう。いっしょに練習しているのに、そんなのイヤだよね」

国籍条項

「育ちゃん、日本の学校の先生になんか、なれないよ。朝鮮学校の教師もダメね、あんたウリマルできないから」

隣の姉さんの言葉に愕然《がくぜん》とした。

そうなの。国籍が違うと日本の学校の教師になれないんだ。いくら勉強して大学に行って教員免許を取っても、どこの都道府県にも採用されないんだ。こんなときだけ「外国人」なのね。なんて無知だったのだろう。

職業は教師、それも中学校のと決めていたのに。

中学校のときの進路相談でも、高校でも、担任や担当の教師からは「国籍条項」なんて言葉は聞かなかった。親からは「おまえのような生意気な女が大学に行くと、嫁のもらい手がいなくなる」と進学を反対されていた。

目の前が真っ暗というか、脳が固まったようになって、なにも考えたくなくなった。

ただただ、高校卒業まで日々を過ごす。その先はどうするのだろう。失望と怨念《おんねん》が交差する。なんで、こんな国に生まれてきたのだろう。

私が中学生だった一九六〇年代後半、アジアでは青年たちが反体制運動を担っていた。そんなアジア諸国を、日本の庶民といわれる人たちは侮蔑《ぶべつ》するように、「遅れた国」と思っていた。ところが、中学の社会科の非常勤講師は授業中、「青年や大学生が社会の矛盾に対して憤らないような国に未来はない」と言ったのだ。心が躍った。その女性教師が眩しかった。

もう一人、教師という職業への希望を決定的にさせた女性がいた。その人も非常勤講師。それも体育。きびきびとしたもの言いと動作に惹《ひ》かれた。私の将来のお手本が目のまえにいた。

小学生の低学年のころまでは風邪ばかりひいて体力のない子だったのに、高学年になると身長も伸びて、メキメキと体力もついた。それにつれて、体育の時間も楽しくなってきた。リレーの選手なども担うようになった。

中学生になってバスケット部に入ると、すぐに、選手として試合にも出られるようになった。陸上競技会などにも出場した。体育会系中学生から体育教師へと、夢はふくらんだ。

日本各地の学校には、本名も名乗れず、「国籍」をどのようにとらえてよいか悩んでいる生徒がかならずいるはず。そんな生徒の、身近なよき相談相手になろう。私自身、親には聞けなかった、けれどもいつもいつも心のなかで叫んでいた、「なんで、朝鮮人に生まれたの」。それらの問いかけを受けとめられる教師に。

大学をめざして、高校は普通科へ進学した。高校では本名で過ごしたかったので、通名はやめた。家族のなかで、漢字をウリマルで読める者がいないので、日本語読みの本名だった。日本人とは間違われたくなかった。「埋もれてしまった在日」をとり戻すアクションだったのかもしれない。

体育大学への推薦が決まった矢先の「国籍条項」との対面だった。

「国籍条項」は、その後の人生のすべてにつきまとっている。私の高校時代には、学生スポーツにも影響を与えていた。インターハイや国体へ出場するために「帰化申請」をする若者もいた。

セブンティーズ

私の就職事情

高校生活もあとわずかになった二月のある日、進路相談室に足を向けた。

体育大学への推薦入学を果たすべく画策したが、教師になれないとわかったこと、そして家の経済事情と親の意思で、大学進学の道は閉ざされた。「就職」の二文字は、はなから頭になかったが、卒業後の身のふり方を決めなくてはいけなくなった。

進路相談の担当は、中年の男性教師だった。

「この時期では、就職先なんてないよ」「きみは日本人じゃないので、あっても工場のようなところしか空きがないしな……」「ここまで勉強してきて、いまさら工場勤めもなんだしな」

無言の私を尻目に、書類をパラパラとめくる。

「そうだ、四人しかいない小さな会社だが、ここだと事務員で就職できるよ。この高校の卒業生が、独立して自分でつくった会社だから」

「とにかく、面接に行ってみなさい」

その事務所は、東京・港区青山の雑居ビルの一室にあった。独立当初から事務を担ってきた女性が退職するというので、急遽《きゅうきょ》、募集をかけたらしい。面接はすんなりといき、就職もすんなり決まった。ただ、氏名は日本式にしてくれと言われた。

仕事といっても、日常の雑務と事務処理で、のんびりと日々が過ぎる。両親は、通勤するだけで毎月一定のお金が入る暮らしをうらやんだ。

それから三年ほど経過したが、仕事になんの魅力も見いだせずにいたころ、友人から、大手の旅行代理店で短期の契約社員を募集しているのでそこを受けてみては、との話が飛びこんできた。躊躇《ちゅうちょ》なく応募した。

世相は、七〇年安保闘争もやり過ごし、いよいよ経済大国に向かっていた。大型海外旅行の季節になっていた。

その旅行代理店は、海外旅行営業部の支所をあらたに拡張していた。そうした営業所のひとつだった。前回と同様、面接はスムーズに終わった。その場で採用も決まった。しかし、小さな親切大きなお世話で、「できたら、名前は『車』にしたいのですが」と伝えたところ、「まあ、摩擦の少ない『安田』でいいのではない?」と言われてしまった。

契約社員として働き、半年ぐらいたったころ、所長が「今年は臨時採用があるので受けてみなさい。ぼくが推薦するから」と言う。

いよいよ、本採用のオフィス・レディの道が開けたのだ。日本に暮らして三世代たっても、だれも会社員になれなかった家から、厚生年金に入れる会社員が誕生した。

当初、仕事は楽しかった。初めて触れる機器に歓喜した。タイプライター、テレックス、複写機。すべてが新鮮だった。それでも、慣れてくると倦怠《けんたい》に陥る。唯一の慰めは、営業マンと行く旅行説明会。関東一円に行った。

入社して三年目に、初代所長の定年退職にともない、二代目の所長に変わった。新所長は若手の出世頭ともっぱらの噂だ。所長の初出勤の日には、緊張感が漂っていた。私たち女性は事務職だったのでそうでもなかったが、営業を担う男性たちはピリピリしていた。

毎月の営業会議では、売り上げ目標を達成できないと、さんざんにしぼられていた。時は、ジャンボ機団体ツアーで大量にお客を集められる時代から、企画力で顧客を確保していく時代に入っていた。

所長は、団体旅行とともに、個人旅行のお客をも開拓する意欲に燃えていた。個人旅行の担当には私が任命され、所長の昔からの顧客のお世話を任された。新規開拓にも歩くようにと指示を受けた。倦怠感は吹きとんだ。

旅券

一九七〇年代、海外旅行ブーム真っ盛りのころ、棚からぼたもち式に旅行会社に就職した。アルバイトで雇われ、その年の中途採用枠に引っかかった。家じゅう大はしゃぎ状態。一応、名の通った会社だったから。

親戚じゅう探しても、会社員なんていないもの。近所の家にまで、その会社に頼まれた興信所が来たというので、誉れ（？）だった。なんたって、毎日スーツを着てご出勤だもの。あこがれのホワイトカラー。毎月二十五日には間違いなく月給が出るのだから。

その会社に勤めて三年目。海外添乗員の仕事がまわってきた。行き先はハワイ。七〇年代後半、ハワイは夢の島。常夏《とこなつ》の島。ハワイ美人がワイキキでレイを首にかけてくれ、アロハ。

親戚じゅうが舞いとんだ。「育子がハワイに行くって」「餞別《せんべつ》はどうしよう」「とにかく確かめにいかなくちゃ」。

パスポートは、民団（在日本大韓民国民団）に頼んだ。そのころは、「在日」は直接、韓国大使館に申請できなかったし、私自身、申請用紙にハングルで書けなかった。日本人のビザ申請にはよく行っていた大使館だったが、印象はよくなかった。

なんかね、民主的でない大使館ほど、そこの職員が威圧的なの。韓国大使館もそうだった。日本語などしゃべれない雰囲気。まあ、私は仕事で行っていたのだし、日本人のビザ申請だから、申請書に間違いがなければ、話す必要もなかったけれど。

ただ、ビザをつけたパスポート受けとりのとき、パスポートの束を放り投げるのはどういうのだろう。日本が嫌いだって、あまりじゃないの。そのころは、本国からの「優秀な」職員ばかりだったのだろう。


パスポート申請を民団に頼んで三週間が過ぎた。まだできない。いくらなんでも遅すぎる。民団に電話すると、直接、大使館に行ってくれとの返事だった。なんのための民団よ。腹も立ったが、出発日が迫ってきているので、とにかく大使館に出かけた。

窓口の職員に事情を話すと、ニヤニヤして「あそこのつきあたりが領事の部屋だから、行ってみたら」。

ドアをノックすると、「どうぞ」の返事。おずおずと領事と対面。領事はすでに私のパスポートを手にしていた。

「本国に行くまえに、なぜアメリカに行くのか」「きみは言葉も知らない。おぼえる気はあるのか」

沈黙の数分。どう返答していいのか。凍《い》てつくような領事の視線。

あなたには、「在日」のおかれている状況がわからないのねと、胸のなかでくり返す。言葉にはできない。とにかくパスポートがほしい。わたしのパスポート。

「言葉は、おぼえる気はあります」

それだけ、領事の目を見すえながら言った。

「それでは渡そう。つぎは韓国へ行くように」

なんという、仕打ち。

大使館を出ると、涙の粒がこぼれた。私たち「在日」ってなんなの。生まれ落ちた日本という国からも疎外され、国籍のある国からも批難される。

国民ってなに。市民ってなに。国家ってなに。国籍ってなに。そもそも民団は、「在日」のなにを理解しているの。

先日、韓国大使館に行った。パスポート申請のため。あれから二回更新している。韓国にも行った。こんどは民団を通さずに、自分で申請したかった。韓国の国民登録証を持っていれば、直接、大使館で申請が認められるようになった。

大使館に出向くまえ、すでにパスポートを自分で申請した友人に、電話で書類の確認がてら、「申請するとき、日本語で話したいけど」と投げかけた。

友人は「当然です。日本語ができる人はたくさん勤務しているのだから」。

そうなのです。私もそう思うし、母国の言葉からきり離されてしまった責任を、個々の「在日」に押しつけるのをなんとかしたいし、そんな風潮をあらためさせたい。

けれど、小心者だからついつい悩んでしまう。大使館に着くまで朝鮮語での返答を復唱している自分に泣けてくる。

大使館に着くと、まず耳に入ってきたのが日本語だった。入り口のインフォメーション席の女性職員に質問している、五十代後半の女性の声だった。申請書の書き方を聞いている。

その説明でだいたいの書き方がわかったので、私は、スムーズに事が運んだ。ヤッタね。

二十数年前の、あの大使館での事件が嘘《うそ》のよう。心も軽く、大使館をあとにした。

郵　便　ハ　ガ　キ

料金受取人払

本郷局承認

6810

差出有効期間
2009年(H21)
7月11日まで

1138790

(受取人)

東京都文京区本郷4-3-4
明治安田生命本郷ビル3F
太郎次郎社エディタス行

●ご購読ありがとうございました。このカードは、小社の今後の刊行計画および新刊等のご案内に役だたせていただきます。ご記入のうえ、投函ください。

〒 ご住所
お名前　　　　　　☎　　　　　男・女　　歳
E-mail
ご職業（勤務先・在学校名など）

ご購読の新聞	ご購読の雑誌
本書をお買い求めの書店 市区 町村　　　　書店	よくご利用になる書店 市区 町村　　　　書店

お寄せいただいた情報は、個人情報保護法に則り、弊社が責任を持って管理します

旅する名前　私のハンメは海を渡ってやってきた

●—この本について、あなたのご意見、ご感想を。

お寄せいただいたご意見・ご感想を当社のウェブサイトなどに、一部掲載させていただいてよろしいでしょうか？　（　可　匿名で可　不可　）

この本をお求めになったきっかけは？

●広告を見て　●書店で見て　●ウェブサイトを見て

●書評を見て　●DMを見て　●その他　よろしければ誌名、店名をお知らせください。

☆小社の出版案内をご覧になってご購入希望の本がありましたら、下記へご記入ください。

購入申し込み書	宅急便の代金引き換えでお届けします。送料は冊数にかかわらず、210円です。オモテ面の欄に電話番号も忘れずお書きください。このハガキが到着後、3〜4営業日以内にご注文品をお届けします。なお、代金1万円以上の場合、送料はサービスです。		
	（書名）	（定価）	（部数）

再入国許可書

初めての海外添乗のハワイ旅行。韓国籍なので、韓国のパスポートを取らなくてはいけないのはわかる。そのうえに、日本に戻ってくるのに「再入国許可書」が必要なんて、なんて理不尽なの。

三十年前、入国管理事務所は品川にあった。それも、薄暗い小便臭いトンネルをくぐらなければ出られない改札出口だった。改札を出てからも、えんえんと倉庫だけで人気のない海側に歩いていく。木造の掘っ立て小屋のような施設。おそらく、入国管理事務所ができてから一度も改築などしなかったらしい建物。入り口の木の看板に書かれた「東京入国管理局」の文字で、「あ〜、ここが入管なんだ」と確認できた。

あのころは、海外への出入り口は羽田空港だった。安い団体ツアーはだいたい朝が早い。三回添乗したが、いつも朝の出発だった。

前泊は品川プリンスホテルに泊まった。同じ品川でも改札口が違うと、ずいぶんと街の印象が違うものだ。

翌朝、緊張と期待を胸に抱えながら、みんなと羽田空港へ向かう。パスポートよし。再入国許可書よし。準備万端ととのった。さっそうとイミグレーション（出入国審査カウンター）に向かう。あれれ、私だけが別室に連れていかれた。なんでなんで。心のなかで叫ぶ。ほかの添乗員は、お客さんを気にかけながら、目で私を追う。お客さんが全員、イミグレーションを通過したあと、先輩が駆けつけてくれた。

「再入国許可書があっても、外国人登録証をこちらで預からなくては出国させられません」

「そうなんですか」と私。心のなかで〝そうなのよね、常時携帯だものね〟。

「この人は職員なんですよ。きょうのツアーの便に乗らないと困るんです」と先輩。

「でもね……ふ〜ん」

数秒ののち、係官が「家に電話して、家族の人に持ってきてもらえるかな」。

さっそく、その場で電話した。朝だったので、職場へ行くまえの母がいた。母に事情を話し、翌日、羽田まで持ってきてもらうことでその場は収まった。ホッとすると同時に、なんでこんなに外国人って面倒なの、日本で生まれているのにと腹が立つと同時に、自分の無知が情けなかった。

先輩は、「とにかく無事にすんだのだから、お客さんのまえではなにくわぬ顔をしてろよ。なにごともなかったのだから」。

四泊六日のハワイ旅行は動きだした。添乗員といってもオミソなので、団体のあとをついて行くだけでよいのだ。羽田での焦燥感など、ワイキキのどこまでも青い空と開放感で、すっかり忘れてしまった。

ワイキキビーチは、ひと、ひと、ひと。欧米系の白人がたくさんいた。仲よく手をつないで歩いている、定年後とおぼしき夫婦が多い。まだ日本ではめずらしい姿だった。一日だけもらったフリータイムには、一人でホテルの近くのプライベートビーチに行った。ゆったりと海と戯れた。バスに乗り、散歩も楽しんだ。

羽田に戻り、また仰天。私は外国人なので、みんなと出口が違うのだ。添乗員なのに、いちばん最後になってしまった。解散式には出られなかった。

母語

二十歳になったとき、『韓国語入門』という分厚い参考書と傘が、民団から郵送されてきた。家庭での会話は日本語だったし、社会での会話もとうぜん日本語、とりたてて「国籍語」をしゃべる必要がなかったので、その本を開く気にもならなかった。

高校生になって三年間、本名を使用したが、読みは「日本式」。その後、会社員になったとき、通名に戻したほうが通りがよいとの会社側の意向で、通名を使った。そのまま二十歳まで通名で暮らす。そんな時分の『韓国語入門』書籍。

生活は私のルーツを必要とはしていなかった。家族もその日暮らしを受けいれていた。いや、そのようにしか生きていけなかったのではないか。

叔父たちは、ウリマルをしゃべれない私の両親を、とくに父をバカにしていたが、私たち子どもにはおとがめはなかった。叔父たちの子ども世代も、しゃべる者がいなかったから。アボジは六歳で日本に連れられてきた。重要な労働力となる。ウリマルに親しむより、生活語である日本語に慣れるほうがお金になるのを肌で感じて、日本語を体得したのだろう。

私の就学前に一度だけ、「朝鮮初等学級」への勧誘があったが、アボジはことわった。「韓国」へは帰る意思はなかったからだろうし、韓国の親戚や親類とは断ちきれていた。ここでどうにか暮らせればよしとしたのだろう。子どもたちは日本語で成長しているし、いま以上の生活の安定の保証がない韓国へ帰ったとしても、また一から出直さなくてはいけない。

子どもたちが「朝鮮語」をしゃべれなくても不自由はない。家庭のなかはすでに日本語の世界だった。朝鮮語をしゃべることにより、「朝鮮人、朝鮮人」とバカにされた幼い日々を、子どもたちには味わわせたくなかったのだ。私たち子どもが地域の日本の学校へ入学するのは、自然な成りゆきだった。

一世は、生きるため朝鮮語を捨てた。二世は、生活のため朝鮮語を忘れた。三世はそもそも朝鮮語を知らされなかった。

いまは本名で生きている私に、「朝鮮語は話せないのですか」とびっくりする日本人の質問に、私のほうがびっくりしてしまう。そもそも、朝鮮語をしゃべらなくなった「在日」

がいるのを、なぜ、自分も住んでいる社会の問題ととらえられないのだろうか。「見えない人びと」と言うより、「見えなくさせられた人びと」と言うのがあっている。

私はたまたま「日本国」に生まれてきただけで、「外国人」とされた。質問したあなたと変わらない生活をしている人間なのに、日本の法律では「外国人」なので、さまざまな不利益を受けている。

成人式

私が二十歳になった一九七〇年代、「在日」には、市区町村からの成人式の招待状は届かなかった。区（市）民としてカウントされていなかった。会社勤めをしていて、日本社会の外国籍人、とくにアジア国籍人に対する閉鎖性を体験していたので、寂しいと思わなかった。

七〇年安保の時代だ。若者は反体制のがわにいた。役所からの招待に、のこのこ出かける雰囲気ではない。私のまわりの友人たちも行っていない。夫も行かなかったと言う。

十四歳のときに初めて指紋をとられ、外国人登録証を持たされた。高校では日本語読みの本名を名乗ったが、就職してから通名に変えてしまったし、日本人と結婚して日本人になろうと思っていた。外国人登録証は持たされても、ふだんの暮らしは昨日の延長なので、不便はなかった。日本人のふりをしていれば、不愉快になることもない。

ベトナム戦争は知っていた。べ平連が新宿の街にくり出して、歌をうたいながら反戦平和を叫んでいるのも知っていたが、みずから行動を起こそうとはしなかった。

成人式の盛装である和服は、近所のおばさんの知りあいの呉服屋に頼んだ。長く着られるようにと、振袖《ふりそで》でなく留袖様《とめそでよう》のものを選んだ。留袖様とは、日本人ではないので家の紋がないからだ。それでも呉服屋さんは、「この着物なら、どんな場所にも出かけられる」と太鼓判を押してくれた。

もちろん代金は自分で払った。このころ、両親もハンメも働いていたが、いちばんの高給取りは私だった。母は親戚を集め、お祝いの会を開いてくれた。写真館に行って、記念写真も撮った。和服姿の私に批判はなかった。

真っ当な会社員になったのは、親戚じゅうで私だけだった。そちらのほうの、羨望の感情を優先させたのだろう。このさき韓国に帰って暮らしていく手立てはないし、自分の子どもたちにも、そのような選択はないだろうと。

すでに、「在日」社会では日本人との結婚が増えていた。親たちはしかたなく、その風潮を受けいれた。親が結婚相手を選んであてがう時代は過ぎたのだ。

私の三人の子どもたちは、市主催の成人式にいそいそと出かけていった。最近では、「在日」の二十歳にも招待状が届く。チョゴリで出席する二十歳も出現する。時代は変わったのか……。

その日は、駅前の飲み屋をはしごして、家に帰ってくるのは三人とも決まって深夜。三人が三人とも、同じような行動パターンだった。小学校と中学校がいっしょで、保育所まで同じだった友と成人式で会えるから、出席するのだと言っていた。

まるで、同窓会に出席するような感覚のかれらを見ていると、いまどきの成人式ってなんなのだろうと、ふと思う。

処女

昨年の秋、夫に北海道の道南、恵庭《えにわ》市と寿都《すっつ》町から講演依頼がとびこみ、いっしょに行くことになった。

夫は、一九九九年三月に本を出版した。内容の骨の部分だけいうと、「地域の生涯学習と学校教育を、学校開放でマッチングさせると、地域も学校も家庭もゆたかになる」という実践を綴《つづ》ったもの。学校開放を進めたくても、学校や保護者、地域住民の意識のズレで進められずにいるところは多い。全国各地からお呼びがかかるようになった。

夫は北海道は二回目。最初は帯広だった。私は三回目。最初は叔母夫婦の住む旭川、二回目は、三十年もまえに訪れた小樽だった。

今回の最初の講演地は寿都町で、主催者側の担当者は、社会教育主事のWさん。Wさんとは研究会仲間。妻と子とも研究会で数回会っている。家族同士で、講演会前日は小樽で遊ぼうと話は決まった。

小樽と聞いて、なんだか興奮してきた。運河はどうなっているのか。あの坂道の風景は変わってしまっているだろうか。ちんまりとした駅舎はどうなのか。

小樽駅のホームに降りると、~夜霧よ今夜もありがとう~のメロディ。石原裕次郎記念館ができたのは知っていたが、ホームにまでメロディが流れている。駅舎はかつてひっそりとした感じだったが、豪華になっていた。改札を出てびっくり。道路が拡張されている。

きっと、Yさんのお母さんの店はなくなっていると直感した。再開発がなされた町並み。昔の面影などなかった。三十年もたっているのだ。しかし、運河は蘇った。あのころは泥臭かった運河。いまは、アジアから観光にくる団体さんで盛況だ。運河沿いの朽ちた倉庫群は、レストランやお店になって輝いていた。


三十数年前、青山の雑居ビルに事務所のある四人だけの会社へ就職し、仕事にも慣れてきたころ、友だちに紹介されたYさん。友だちの彼氏の友人だった。よく四人で飲みにいった。小樽出身で、お母さんは小樽でこぢんまりとした料理屋を出していた。

携帯電話のない時代、家の者に内緒でどのように連絡をとっていたのかは忘れてしまった。ただ、二人だけでのデートはしていない。いつもだれかが二人のあいだにいた。もどかしかった。

両親は娘の結婚を焦っていた。二十歳をすぎて嫁に行かない女は「行かず後家《ごけ》」と言われた。正月に母の実家に行くと、私も従兄《いとこ》からそう言われた。従兄だって結婚してないのに、男にはそんな言葉はとばない。

チュサごとに来る伯母は、「結婚までは正しくしているように」「いまどきの子はわからないからね、この家では許さないよ」。

うるさくてしようがない。

友は毎週、彼氏に会いにいっていた。彼氏は大学のボート部に所属していたので、練習場がある茨城まで、弁当をつくってせっせと通っていた。帰ってくるとかならず報告が入る。そして「あんたたち、どうなってるの」。「私だってわからない」。

複数人のデートで、Yさんから、親友だとOさんを紹介された。夏休みに入った日に、Yさんは「今年は小樽に帰る」と言って帰省していった。友は、彼氏との逢瀬《おうせ》に生きていた。私は一人、とり残された。行くところのあるかれらがうらやましかった。

「東京に一人でなんかいないで、小樽にでも行ってきたら」と、背中を押された。上野駅へ向かう足どりは軽かった。

小樽駅でYさんが待っていた。「母さんの店でも行く?」。駅から真っすぐに伸びた坂を下って、左の路地を入ったところに店はあった。開店前なので薄暗かった。

小樽に行っても、なんにも起こらなかった。

東京に帰ってきて、Oさんを植木市に誘った。小樽に行った話などして、食事のあと、アパートに寄った。私からしなだれかかった。どうしてその行為を冒したのか。ちっともステキでも、楽しくもないセックス。若気の至りではなく、とにかく処女からオサラバしたかった。胡散《うさん》臭い生娘から。

その後、二人とは会っていない。

結婚狂想曲

どんな男でもよかった。日本人になりたかった。日本人の男ならだれでもいいと思ったときもある。結婚して国籍さえ取れれば、あとは離婚してもよいと……。

閉塞感にさいなまれていた。自力での暮らしは考えられなかった。私のなかに家父長制の尻尾を残していたのだ。

親の言うまま見合いをしたこともある。当然、その相手は「在日」だった。そのたびに、見合いをしてあげるのだからと服を買ってもらった。嬉々とした母親を尻目に、どんな言いわけで断ろうかと考えていた。親の探した相手は、それぞれ真面目な人だったが、反骨精神がないというか、この日本社会の制度にたち向かっていく気骨がなく思われた。母親も、そんな私にほとほと手を焼いていた。

最後となる見合いの相手とは、会ったその日に家に帰らず、彼が一人で暮らしていた住居に泊まった。二人とも、親の「結婚狂騒曲」にうんざりしていたのが、共鳴したのだ。夜中に男性の親がその家まで来て、ドアをドンドンと鳴らしていたが、知らんふりを決めこんだ。

二、三回、会うほどのお付き合いはしたが、しょせん相手を好きになって交際したわけではなく、あんな騒動をおかした罪滅ぼしの付き合いだったので、じきに別れた。

その相手を紹介してくれた人に面目がたたないと、母は嘆いていたが、それで懲りたのだろう。「在日」社会はじつに狭い社会で、その噂はまたたくまに広がり、その後、「お話」はこなくなった。

私の日常生活が始まる。

新入社員を迎えるある春の日に、出会った人がいた。会った瞬間、「耳に鈴が鳴った」。初めから結婚は無理だと承知していたので、二人の想い出づくりをしようと決意した。社内恋愛なので細心の注意が必要だった。事務所から出ていくときは同じにならないようにとか、早朝に会い朝食をいっしょにするとか……。彼は独身寮で暮らしていたが、交際を始めてしばらくして、二人のアパートを借りた。

ほとんどアパートに入り浸りの生活が始まる。それでも、月～金はちゃんと家に帰っていた。ただ、帰る時間は深夜。土曜日は当然、泊まる。

そんなこんなで半年ほど過ぎると、おたがいにいつもいっしょにいたくなる。けれども彼は、自分の父親に結婚の承諾を問えず、母親に相談する。母親は案の定、反対した。

その答えを聞いて、別れる決心をした。もういやだった。人目を忍んでの世界は、演歌のなかだけで十分だ。私は私の世界を開発したい。

彼は母親から、二人がほんとうに別れるのなら私が定宿《じょうやど》にしている宿を紹介するから、と言われたようだ。

最後の旅行になったその宿は、京都のH屋。当時、一見《いちげん》のお客は絶対に泊まれない宿だった。ひっそりと落ち着いた玄関。黒光りした廊下と階段。部屋には坪庭がついていた。

京都そのものの旅館だった。

宿帳の記帳は「兄妹」とした。まず、宿に着いて出されたのは抹茶と高級和菓子。そして、女将《おかみ》が夕食のときにそれぞれの部屋に挨拶にまわってくる。大風呂もあるが、部屋の風呂は総槇《まき》造り。

京都は彼が中学校時代に暮らした町で、中学受験を経て下宿していたのだ。それなので、二人でよく京都に出かけた。小学校の時分から優等生で、彼の成長を楽しみにしていた母親からすれば、外国籍の、それも「アジアの小国の韓国籍」の女に、自分の息子を奪われたくないとの思惑がはたらいたのだろう。

その母親を説得できない彼にほとほと嫌気がさしてはいたが、「出会った瞬間、耳に鈴が鳴った人は運命の人」だから、彼の想い出づくりに加担した。

その時期は、いまの夫との交際がダブっていた。いまの夫には、「京都に友だちと行ってくるから」と言っていた。家の近くの駅まで迎えにきてくれた、夫になる人と会ったら、罪悪感にさいなまれた。

けれども、京都に行ってよかったと思っている。いまでも。ただ、夫と京都に行くのはもうしばらくやめておこうとも思っている。

カワジエンピツ君

「育《い》っこさ〜、Kさんの毛って、あそこまで続いているの」

なんという質問だろう。私が唖然《あぜん》としていると、また言葉がつづく。

「Kさんって毛が多いじゃん、あし毛も」「だから、どこまで毛が続いているか、おれ、知りたいんだ」。なんとなんと。

たしか小学校から中学校まで同級生だったはずなのに、カワジの存在は私の視界に入っていなかった。中学校のまえの「スナック・ミキ」で会って、初めて彼の家を知った。意外と近かった。

ミキにたむろしている同級生は、中学校時代には先生方から「問題児」と言われていた人たちが多かった。カワジもその一人だった。付き合っていると、カワジのやさしさや素直さが実感できる。チエちゃんと恋人同士だった。

チエは中学時代、バスケット部で私といっしょ。短距離走ではチエに勝てなかった。姉のキョウコさんとチエは、二卵性の双子。中学進学のときに、国立大の附属中学校からお声がかかったという。双子の研究をしているので入学してほしいと。そんな研究も国立大附属ってしてているだと、感心すると同時に妙な気持ちになった。

双子なのに、顔もからだつきも、性格まで正反対。チエは勉強ぎらい。キョウコさんはコツコツとする。キョウコさんもバスケット部だった。キョウコさんはヘラルド映画に勤めていた。一日じゅうフィルム室で作業しているようで、とってもうらやましかった。

カワジとチエは、アルバイトに明け暮れていた。というより、カワジはブラブラしているときのほうが多かった。カワジのお父さんは戦傷軍人で、その年金で暮らしていると、チエから聞いた。お母さんはいなかった。気立てのよい働き者の姉さんと、三人で生活していた。

カワジには、シゲルという親友がいた。シゲルの両親は聾唖者《ろうあ》で、シゲルは両親の面倒と妹の面倒をよくみていた。シゲルは登山が好きで、「山の子」の歌が好きだった。私の結婚式でも、大好きな「山の子」を歌ってくれた。真面目なシゲルはシゲルらしく、水道局に勤めていた。

カワジとシゲルは、お風呂のまえにミキで待ち合わせて、一杯ひっかけ、仲よく銭湯へ行く。みんなの家に風呂はない。所得階層は一様に低い。母さんたちは、父さんと負けないくらい働いていた。

カワジとチエは、別れたり、よりを戻したりをくり返していた。チエの堪忍袋は爆発する。いっしょになりたくても、カワジが定職につこうとしないから。別れても、カワジが気になって、また付き合いだす。

カワジは、私たちみんなをよく笑わせてくれた。突然、すくっと立ち、両手をあげ、頭の上で両てのひらをあわせて尖《とが》らせ、「カワジエンピツで〜す」。

脈絡もなくする。みんな大笑い。

柱を見つけては突然抱きつき、「み〜ん、み〜ん」「ほら、だれか撃ってよ」。だれかがライフル銃を構える格好をして、「ばきゅ〜ん」。落下するからだとともに、「ずど〜ん」。

電車のなかでも宴会を始めて、一升瓶とコップを持ち、呆《あき》れている見知らぬ乗客に「ママ、ごいっしょに」。

カワジは、酔っぱらって真冬の道路に寝込み、そのまま死んだ。一生、職はもたなかった。

真面目君

スナック・ミキのマスターは、中学時代の同級生の夫。オーちゃんと呼ばれていた。そこにたむろする同級生とは、もともとからとくに親しかったわけでない。バスケットの仲間が一人混じっていたので、誘われて飲みにいったのが運のツキ。

それまでは、地元では飲まないと決めていた。とにかくうるさいご近所さん。どこでどう噂されるか、わかったものでない。近所には、うるさがたの親戚も住んでいた。それならアパートでも借りて独立すればと、自分に聞いてみても、勇気がなかった。

一年通ったら、なにか真面目な銀行員ふうの男性が通いだした。同級生のバカ話にものってこないで、一人オーちゃんと話してる。いつも。

あるとき、バーベキューをしに、みんなで秋川渓谷まで行った。驚いたことに、その真面目君もついてきた。

「なんで、あの人がいるの」「だいたい、私たちといて楽しいのかな」

するとオーちゃんは、こうのたまわった。

「人にはさ〜、いろいろな表現方法があるでしょう。楽しくなければ来ないよ」

そんなものでしょうかね、ちょっとは笑ったっていいのに。

冬になると、長野の八方《はっぽう》にスキーに行く。また真面目君は来た。初心者は彼一人だった。

リフトに乗り、頂上まで行く。不安そうな真面目君。

オーちゃんいわく、「下は混みあって、かえって危険だよ」「上のすいているところで、ぼくが教えるから、みんなは好きに滑っていて」。下へ下へと、順々に滑りだす。

やがてその日は上がる時間になった。オーちゃんから「最後だから、滑って帰ろう」と言われた真面目君。平気かいな〜。「ボーゲンでゆっくりね」とオーちゃんは言って、滑っていった。

なかほどまでみんなが来て休んでいたとき、事件は起きた。

当然、真面目君はビリッカス。見上げていると、鉄塔めがけて直滑降で降りてくるではないか。

「Kさん、曲がって曲がって」。オーちゃんが叫んでいる。こんどは「そこで転んで」と叫んでいる。

曲がることも転ぶこともできない真面目君。とうとう、鉄塔の穴に転落。私は大笑い。

二、三人が助けに寄る。ケガはないようだったので、さっさと降りていった。スキーを脱ぎ、真面目君たちを待っていた。
「ほんとうに、ケガがなくてよかったよ」「転んじゃえばよかったのに」「明日もボーゲンの練習だな」と、口々にみんなに言われていた。

この話は、東京に帰ってからも、ミキでの酒のサカナになった。だんだんとうち解けてくる真面目君であった。

それだからか、ミキで真面目君と会っても、わだかまりがなくなっていった。オーちゃんと話している姿にも余裕のような雰囲気を醸しだした。

ある夜、たまたまミキを出る時間がいっしょになり、ラーメン屋に二人で寄った。その後、時間もあるのでもう一軒いこうかと、なんとなくなり、飲みなおしにいく。

その酒場でつい、「もう、結婚したい」とつぶやいてしまった。

「ぼくとしよう」

「私、朝鮮人だよ」

「うん、いいよ」

なんと、真面目君と二人だけで真面目な交際をすることになったのだった。

披露宴

「瓢箪《ひょうたん》から駒」の出会いで結婚を決めたので、結婚式を挙げるなど考えもおよばなかった。神さんや仏さんのまえで永久の契りを誓う結婚式は、二人にはとうていできないと、おたがいに思っていた。けれども、二人を知っている友人には祝ってほしかった。

そのときに、結婚式と披露宴はべつの祭事だと思いいたった。そこで、二人を知っていて、私たちを祝ってあげたい人だけが集うようにしようと話し合った。会費制のパーティのようなのを計画した。

おたがいの親の了解も得たと思った矢先、私の両親は最後のあがきをした。親戚の手前もあるので、親族だけは招待のかたちでしてほしいと。なんと、その話を聞いた真面目君の母親は大喜び。結納品をデパートにまで行って準備し、結納の真似事までする羽目に。

超略式の結納で、仲人《なこうど》はなし。結納の品はほとんどがプラスチックの作りもの。唯一の本物は、白髪になるまで夫婦仲よくという意味での、一品の、白い麻糸だけ。当然、結納金などなく、結納返しもなし。

「ミニチュアでもよくできてるね」と私が言うと、「いちばん安いのだからね。お金をかけると本物もあったんだよ。あんなのどうやって運ぶのだろう」と真面目君。もちろんこの会話は、両親がいないところで密やかに交わされた。

それでもたがいの親たちは、満足気にこの良き日を過ごした。

披露宴は、真面目君の母親が料理長をしている、西銀座にあるペルー料理の店と決まった。

母は、「在日の宴席で、キムチがないと始まらない」「キムチは私が用意する」と言いだす。真面目君は真面目君らしく、集まった人たちに向けて、結婚の宣誓書を二人で読みあげて「人前式《じんぜん》」にするのだと、やけに張りきりだした。

私は披露宴が近づくにしたがって、頭がクラクラしてきた。なぜなら、二人だけで静かに暮らしを始めたかったからだ。

「在日」の披露宴は宴会だ。親族だけでなく、親の代からの知人・友人が集い、歌えや踊れの大騒ぎ。夫になる人がそれを理解してくれるのか、とても心配だった。これまで出席した日本人の友人たちの披露宴は、なんか静かなんだよね、よく言えば厳《おごそ》かかな。友人たちは二次会で、新郎新婦をサカナにもりあがる。

当日は、始まりの新郎新婦の宣誓の「人前式」までは、なんとか静粛だった。乾杯が終わり、歓談をしはじめてから、動きだした。伯母の一人が、アリランを歌いながら踊りだした。お決まりのパターンだ。

その後は、おばたちやおじたちの歌合戦が始まった。朝鮮民謡にはかならず踊りを交えていた。友人たちから「こんなに親戚が楽しく騒ぐ結婚式は初めて」と言われた。

一人だけ、はしゃげない親戚がいた。

私のチョゴリ姿を見て、「育子さんは朝鮮人なの」「だったら、ぼくもそうなの」。帰化した、母の長兄の長男だ。それを受けて伯母は、「キミさん（母のこと）は、朝鮮人と結婚したので、朝鮮人になったのよ」。

その後、その従兄は精神を病んで家で暮らしていると聞いた。

あらたな家族

年賀状

結婚して初めての年末に、あわただしく夫が始めた年賀状書きを横目で眺め、ムムム。その量の多さにびっくり。一年に一度のご挨拶は、このようにしていたのか。

私の生家では、家としての年賀状書きはなかった。ハンメは文字をまったく書けないし、アボジにしても、日本に来てから一家を支えるのに忙しく、学校になど行けなかった。オモニは書けても、わざわざ葉書を出すほどの遠方に知人はいない。子どもたちだけ、それぞれの友だちに二十枚ほどの年賀状を書いていた。そもそも、私以外の家族に私信の手紙は来ていたのだろうか。

親戚以外との付き合いはなかった。ハンメが遊びにいくと言ったら、嫁に出した娘のところぐらい。オモニは逆に、実家に子どもたちを連れていくのが唯一の「お出かけ」だった。家族旅行や外食などしなかった。できなかったでなしに、頭になかった。ま、あのころはまわりの日本人の家も似たり寄ったりで貧しかったので、子どもたちだけでよく遊んでいた。ただ、文字の世界からはかなり隔たっていた。

年賀状書きは、きっと小学校で覚えたのだろう。一時、芋判とか、あぶりだし、すりだしの年賀状がクラスじゅうにはやった。そんな年賀状が元旦の朝届くと、両親もいっしょになって楽しんでいた。

オモニやアボジの友だちが、家に遊びにきた記憶がない。ハンメは、日本へ来たときすでに、実家や結婚まえのつながりから遮断されてしまったので、会いにくる人もいない。日本に来た当初は、そこがどこの土地か知らなかったし、日本語もできないので、家から一歩も出られなかったそうだ。再婚のため朝鮮から出るとき、日本での行き先すら知らされていなかった。子持ちの未亡人となった女を養う余裕は、朝鮮のハンメの兄弟になかった。妻に先立たれた羽振りのよい男が日本にいるというので、船に乗せられた。着いてすぐ、だまされたのに気づく。その男にはすでに子どもが三人もいたのだから。態のいい賄《まかな》いとして呼ばれたのを知る。二人のあいだに子どもができ、孫ができ、日本のなかで自分を知る他者を獲得してきた。

両親は、親戚との連絡はすべて電話か、相手先に直接会いに出かけていた。会社の同僚がいるわけでなし、学生時代の友だちは存在しないし。私の家族の世界って、すごく狭かった。オモニは家から五分ほどの工場との往復で、一日が終わってしまう。アボジなどは家が職場だったので、推して知るべし。ハンメがいちばん遠方に勤務していた。それでも地下鉄で一駅のところ。電車に乗るのが嫌いだったので、歩いて四十分ほどの距離を徒歩で通っていた。

夫婦連名で出す年賀状が、私のまえに積まれていく。夫婦って、こういうのも二人でするのか。

それにしても、育った生活環境がずいぶんと違う男と女がいっしょに暮らすって、けっこう大変なのかもね。夫の母は、筆まめで達筆だし。夫が小さいころ、おやつの在りかを書いたメモ用紙の字が、草書で書かれているので読みとれず、おやつを食べそこねてしまったという笑い話があるのだから。

さきが思いやられる年末であった。

誕生日

五人家族のわが家は、一年に五回だけは、かならず五人で夕食をともにする。

子どもたちが成長した現在、朝も昼も晩もそれぞれ個食状態、心理学や教育学の先生からいわせれば問題かな。子ども三人が学齢期のときにも、やれ朝練（部活の朝練習）だ、試合だ、塾だと、五人そろっての食事などなかった。だからかな、誕生日の夕食だけは五人でいっしょにする。五人のスケジュールを合わせるので、誕生日その日とは限らないときもある。

これは思うに、夫の独身時代の家庭の影響だろう。結婚するまでの夫の家族は、母と姉との三人家族。夫が三歳のとき、父親は他界している。それからは、貧しいながらも三人の絆《きずな》を確認しあうように、つましく暮らしてきたようだ。義母にすれば、一年一年、成長していく子どもたちの誕生日は、至福のときだったにちがいない。

結婚して初めて迎えた、私の二十五歳の誕生日の朝は、一枚のメモ用紙からスタートした。

結婚と同時に妊娠してしまった私は、すでに産み月になっていた。大きいお腹をかかえて朝の支度にとりかかる。朝食といっても、夫はコーヒーとパンのみ。私は、夫が出勤してからのんびりと朝の食事を楽しむ。その日もそうだった。

食事を終え布団を上げようとすると、スルスルと一片の紙切れが舞った。拾ってみると、――育子さん誕生日おめでとう。さあこれから始まる楽しいゲームにご参加下さい――。

その紙には、そんな伝言と、つぎに向かう場所が記してあった。

つぎは洗濯機。洗濯機のなかにやはり一片の紙切れ。つぎつぎと指示にしたがい、紙切れを探していった。五枚目のメモには、歩いてすぐの義姉の家の洗面所に向かうようにと指定してあった。

玄関を開けると、義姉は笑いながら、「今朝、ユウジが来て、あとであなたが来るからよろしくねと言って、会社に行ったけど、うふふ……」「家じゅう荒らしてもかまわないわよ、ハッピーバースデイおめでとう」。

その言葉で、自分の誕生日を確認した。

最後には、とってもステキなプレゼントが待ち受けているにちがいない。ワクワクしてきた。義姉の家で三枚のメモ。最後のには、ふたたび二人の家の書棚を探すようにとの指示。書棚のメモ用紙から二枚目に――やっとたどり着きましたね。お誕生日おめでとう。これからもよろしくね。私の……――。

こんなに私の生まれた日を歓んで表現してもらうなんて。誕生日っていいなあ。この世に生まれた日、だれのものでもない日。

そんな大切な日なのに、ハンメとアボジにはその日がない。韓国の戸籍謄本には、二人とも八月一日となっている。八月一日に初めての外国人登録をしたとき、生年月日がないと登録できないので、区役所の窓口の職員が、二人を観察して、生まれ年と誕生日を決めてくれたのだそうだ。外国人登録証がなければいつでも警察に逮捕されてしまう不安とともに生活していたので、二人ともその日を受けいれた。

私が成長した家では、誕生日などなかった。だから、祝いの日ではなかった。それでもこの話を聞いた私の子どもたちは、ひいばあちゃんとおじいちゃんの一応の誕生日という日を祝う計画をたてている。

過去帳

「育《い》っ子ちゃん、ここに来て」と、夫の母から言われた。夫の母と暮らすのに、私たちが、賃貸から分譲の住まいを探し、買い求めた家でだ。義母の部屋に招かれた。

「K家はね、昔から続く家なのよ」と言って、過去帳を見せられた。

夫の父方のK家は、出は栃木の家老で、数代前に福島県に移った相当な富豪だったという。いまのみなさんの職業も、弁護士とか司法書士とかの地位あるかたがたらしい。

夫の母はペルー生まれ。在ペルー日系二世になる。義母の父親は写真が好きで、世界各地をキャメラを持って旅行したあげく、その昔「南米のパリ」といわれたリマを気に入り、住みついた。その地で写真館を開き、安定した生活ぶりだったらしい。

それだから、自分の子どもたちを四人も、戦前の日本に帰して学ばせる資金があったのだろう。その当時、ペルーから日本までの旅費は一人百万円くらい。家が建つほどの金額だったと聞いた。

「あなたは、K家の長男の嫁なのだから」。えんえんと話は続く。

私としては、家制度に反発したいがために、この人（夫）を選んだのに。なんでこうなるの。親類が少ないから選んだのに。

親類は少ないのにこしたことはないと、心に誓っていた。彼は長年、母と姉だけで暮らしていた。姉が結婚し、子どもが生まれたころから、姉家族とともに、義母と彼は同居を始めた。結婚式はしたが、彼の親戚には「お誘い」の通知を出した記憶がない。シンプルでわずらわしさがないと思った。

ところがドッコイである。いまさら、なんで私が「K家の嫁に」ならなくてはいけないの。彼からは、嫁になってほしいとは聞いていなかった。

福島の名家であった義父のK家と、日本からペルーまで行って住みつき、子ども四人を日本に渡らせることができたほどの義母の実家。世が世なら、私は彼とは結婚などできない相手だったのだろう。長々と続く「お話」を聞きながらそんな思いをもった。

彼の母親はなにを思って、私に「お話」を聞かせたのだろう。K家の復興を息子と私に託したかったのだろうか。落ちぶれたとはいえ、K家の末裔《まつえい》としてのプライドとともに暮らしていくのだろうか。

私は、プライドなどいらない。あらたな「家族」をつくりたかった。家制度などに縛られない、あらたな「家族」を。

生協活動

飲み屋で出会った異性との、突然の結婚。当時、世間では「寿退社《ことぶき》」の文字が躍っていた。私もそのくちだった。夫になる人より給料は高かったが、仕事に達成感はなかった。主婦になるつもりはなかったのだが、あっという間に妊娠してしまい、家の労働を選んだ。子どもは嫌いだった。わがままで騒がしく、すぐ泣く。そんな私が妊娠したのだ。自分でも信じられなかった。けれども、からだの変化が楽しい。私でない私が誕生するようだった。毎月ふくらむお腹もいとおしい。食べものの嗜好《しこう》が変わるのは興味深かった。

そのぶん夫には、疎々しく接するようになった。つくづく動物だなと……。精子さえいただけば、あなたはいらないわ。男臭く感じて、朝は早く家を出てもらいたいし、夜は遅く帰ってきてほしいと願った。当然、夫はとまどったが、二人とも初めての出来事だし、自分の分身が私のお腹にいるので、従わざるをえなかった。

ためらいなく結婚したというよりは、当時、法律婚や事実婚の知識はなかった。家にある本や、子どもと行く図書館で吸いよせられるように、女性問題の本と出会った。――子どもたちと暮らしていける仕事があれば、夫はいなくてもかまわないかも。

新婚生活は、おたがいの実家に近い住居を選んだ。民間のマンションだったので、二年の契約更新で家賃が上がる。更新はしないで、千葉県習志野市に新しくできた公団住宅へと転居した。すでにつぎの出産も控えていたし、家賃の出費も抑えたかった。いまは、同じ公団の賃貸から分譲に移り住んでいる。

この地で、無店舗方式の生活協同組合を知る。東京から始まったその生協は、千葉に支部をつくるため、組合員の拡大に精力的に動いていた。団地の公園では月に一度、テントを張って消費材（商品）を見本販売し、地区委員といわれる人たちが、説明のために各戸を訪問する。

ご近所の七、八名で班をつくり、月一回の班会を開き、購入を申し込む数量を決める。三十代後半から四十代前半の、子産み・子育て世代の女性たち。料理や籐あみの講習会、豚や鶏のさばき方の研修会など、楽しく参画した。子どもを抱いて、牛乳工場見学や援農。ピクニックに行くように賑《にぎ》やいでいた。いつしか、地区の広報部員から支部の広報部員になっていった。

生協活動に夢中になり、組合員拡大のため、他の地域へ個別訪問までするようになる。年に数回は、東京の本部まで一人をおぶり、一人の手を引いて出かけた。ちょうど夫はサラリーマンから独立した直後で、夜も遅いので都合がよかった。

生協仲間の夫たちも同様で、日本経済が右肩上がりで仕事がたくさんあり、早朝出勤して深夜にご帰還。典型的なドーナツエリアに住む核家族。お昼は、弁当を持って公園で過ごす。夜は一品持ちよりのパーティ。経済的自立はわきへ押しやられた。

クリスマスには団地の集会所を借りて、クリスマス・パーティを開いた。いまもお付き合いがある元幼稚園の先生が、『大きなかぶ』（福音館書店）の絵本を劇にする脚本を書いてくれた。彼女の夫は転勤族で、この地域には三年しかいなかった。どの土地にも、長くて四年しかいられなかった。転居のたびに、私たち家族は遊びにいった。

彼女に会うと、あのクリスマスの日々を懐かしく思い出す。劇の練習で遅くまで集会場にいると、父ちゃんたちは会社帰りに「ただいま」と言って、子どもを迎えにきた。

「まるで託児所みたいで、楽しかったね」と話は弾む。

子育て百科

夫は独立したとき、金も地位も学歴もなかった。いまでもそうなのだが。小さなちいさな、それでも株式会社だ。書籍専門の広告会社。事務所を借りるには、敷金とか礼金とかが必要になる。それなので、仮説社という会社の一室を間借りさせてもらい、事業を始めた。

私が無事出産したと聞いた仮説社の社長から、出産祝いに松田道雄の『育児の百科』(岩波書店)をいただいた。義姉からは『スポック博士の育児書』(暮しの手帖社)をいただいた。育児書があるなんて知らなかった。読みくらべて、『育児の百科』を一応の手本にしようと決めた。

日本に長く住んでいるのは、夫の家族より、外国籍の私の家のほう。だって、三世代にわたって住んでいるのだもの。彼は日本国籍人ではあるが、三歳のときに父を亡くし、ずっと、ペルーから日本にきた母親のもとで育ったので、日本ではいわば二世代目。義母の父は趣味人で、写真が好きで世界各国を放浪した果てに、リマに居を構えた。そして、日本から嫁を呼んだという豪の人。

リマで写真館を開き、たいへんに繁盛した。子どもたちの高等教育は日本で受けさせたいと、義母をふくめ四人の子どもを日本に渡らせる財力もあった。義母は、日本で福島高女を卒業し、上京して私立の栄養学校をへて栄養士の免許を得る。そんなときに、第二次世界大戦が始まった。

日本にとっては敵国の外国人となるが、当時は二重国籍を認めていたので、日本人としても暮らしていけた。それでも戦争中、憲兵が監視していたと、義母は私に語ったことがある。「日本生まれの、日本人にはわからないでしょうけど」とも。

「在日」の友だちは不思議がる。夫や夫の家族に遠慮して暮らしていないような私を。義母の話をすると、納得する。日本生まれの日本人のお母さんじゃなかったから、よかったねと。

義母は、『スポック博士の育児書』も『育児の百科』も知らない。私の母もだ。けれど義母は、こだわったことがあった。乳児の寝かせ方だ。

「うつ伏せに寝かせるほうが、背筋力がついてよいから、うつ伏せに寝かせないと」「それに、安心して寝られるので、泣かなくなります」

うつ伏せに寝かせていると、こんどは私の母が来たときにびっくりする。

「なんで。窒息しちゃうよ」

もう、うんざり。私はただ、まとめて寝たかった。最初の子というのもあるのだろう。神経質になっている母親を敏感に感じとっていた娘は、夜、最長でも二時間も寝てくれなかった。私が娘の泣き声とともに起きても、横にいる娘の父は、寝ている。

離乳食までは母乳で育てたいと思っていたが、かなわなかった。我慢がたりないという意見もある。夫の母や姉は、庭に捨てるほど乳が出たそうだ。私の母は、「あんたのときもミルクだったよ、だから、あんたも母乳はそんなに出ないかもしれない」。

私たち夫婦は、寝るまえはミルクにした。たっぷりと飲んでくれた。沐浴《もくよく》も夜にした。ぐっすりと眠ってくれた。私は、安眠できる日々をとり戻した。まわりの経験に振りまわされたくない。

そこで、『育児の百科』をじっくりと読んでみると、お母さんがいちばんの観察者なのですよ、赤ちゃんにとっては、いちばん頼れる人なのですよ、と書いてあった。

松田道雄は、核家族の子どもの育て方を憂慮して、あの本をつくったのかもしれない。

再就職

地域に馴染み、生協活動に邁進《まいしん》していたころ、突然、夫の会社を手伝う羽目になった。彼が独立するのは反対しなかった。夢を実現させるのだから。たった一度の人生だもの、好きに生きればいい。ただ、同じ土俵には上りたくなかった。

なぜなら、結婚してからなんだかズーッと私をリードしていた。家庭生活でも。そんなのおかしいと感じていたのに。言葉にならないもどかしさを感じていたのだ。

そのうえ、職場でまで上司になるなんて許せない。彼は十数年、同じ仕事をしている。自信があったので独立したのだ。それに、私を説得するのに彼の友だちを使ったのも納得できない。その友だちの妻が、一年ほど事務所を手伝ってくれていた。

夏休みに入った日に、くだんの友だち夫婦は遊びにきた。

「育子さん、まだ決めていないの」「小さな事務所は、経理の持ち逃げが多いそうだよ」

「家族でするのが安心なのさ」

その間、夫は黙って聞いているだけで、自分の意見はいっさい発しなかった。彼が頭を下げてお願いしたのなら、その場で了解したのに。

　このころ、子どもは二人だった。上の女の子は三歳。下の男の子は一歳。働きはじめたら、子どもたちはどうするのだろう。保育所が妥当だろう。しかし、方針は分かれた。彼は、なるべく家庭的に育てたいと言いはった。

　とっても矛盾している。妻には事務所に来てほしくて、子どもたちを保育所に預けるのはイヤなんて。保育所に対してのイメージが悪いのだ。私は保育所そだちで、楽しい思い出がたくさんあった。学校より楽しかった。

　平行線のまま時間だけが過ぎる。私が手伝わなければ、事務所の仕事に支障が出るようになった。しぶしぶ従うしかなかった。ちょうど仕事を探していた叔母が、子どもたちをみてくれることが決まった。

　朝、子ども二人を連れて家を出て、都内の実家に向かう。叔母は実家で待っていて、夕方五時まで預かってくれた。夕方、ふたたび実家に寄って、二人の子をともない、家に帰っていく。一年間つづけたが、私が音をあげた。幼児二人を連れて、往復で四時間。電車とバスに乗っている時間だけでも、片道一時間とちょっと。それが毎日続くと、疲れてしまうのだ。

とうとう夫が折れて、保育所入所を決めた。娘は、母の揺れる気持ちに気づいていたのか、朝になるときまってお腹が痛くなり、玄関でぐずった。熱もよく出した。保育所から「迎えにきてください」と連絡がくるのは、きまって、保育所に子どもたちを預け、通勤電車に乗り、事務所の机をまえにやれやれと一息ついたときだ。

それでも私のように、夫が上司なら話は簡単だ。すぐに職場を離れられる。なんたって、夫の子どもでもあるから、文句は言えない。しかし、保育所からのお迎え要請の電話に、瞬時に対応できる職業ってあるのだろうか。

一日ぐらいの休みだったら、なんとか手を打てる。しかし、この時期の子どもは病気の宝庫だ。風邪から中耳炎などを患うと、最低でも五日は勤務を休まなくてはならない。おたふく風邪や、はしか、風疹《ふうしん》になったら七日は覚悟しなくてはならない。保育所の親たちは、年休をそれにあてていた。

保育所には「父母の会」があり、各クラスの世話役はわりとすんなりと決まった。ただ、会長・副会長となると、みな尻ごみをする。季節の行事の打ち合わせやらで時間をとられるからだ。私には、自分で調整できる時間の余裕があった。それなので、副会長から会長も積極的にやった。「父母の会」のお便りなどを作成するために、保育所行政を勉強する機会にも恵まれた。所長や保育士、栄養士のかたがたとも、通りいっぺんの挨拶だけではない関係をつくることができたと思っている。

行事のなかでも、終了式は感動ものだった。一人ひとりが、まえに出て、将来の夢を宣言する。オムツからハイハイ、二足歩行へ、走ることへ、乳児から幼児、児童になっていく。

母も、その間に成長させていただいた。

読書

両親が本を読んでいた記憶はない。まして、読み聞かせをしてもらった思い出はない。絵本を読んでもらったのは保育所に入ってから。保母さんが妙にえらく見えた。

子どもが生まれてから、絵本を選んで読んでやれる幸せにひたった。

小さな小さなポワポワとしたからだを膝《ひざ》にのせ、腕で囲んで、プクプクのほっぺに頬《ほお》をくっつけ、耳元に絵本の言葉を届ける。子どもは何度も何度も同じ絵本をせがみ、同じところでククッと笑う。あどけない幼子を発見する。至福の時間が流れていく。

三人の子どもたちが幼児のころに、きまって何度もせがんだ絵本は、『ぞうくんのさんぽ』（なかのひろたか作・絵、福音館書店）と『いないいないばあ』（松谷みよ子作・瀬川康男絵、童心社）。

少し大きくなると、三人三様の傾向があらわれた。娘は『カメラの中はアフリカ』（寺村輝夫作、和歌山静子絵、偕成社）。毎晩読まされた。上の息子は『機関車トーマス』シリーズ（ウィルバート・オードリー作、ジョン・ケニー絵、ポプラ社）。本がボロボロになっても手放さなかった。下の息子は『むしばミュータンスのぼうけん』（かこさとし作・絵、童心社）。この本は、読んでいる私が飽きてきてしまう。

母には体験できなかったことを、私はあたりまえのようにしていた。

アボジは、私が国語の教科書を声に出して読んでいると、うれしそうだった。母は娘の時分は本を読んでいたらしく、『若草物語』（L・M・オールコット著）はいちばん好きな本だと言っていた。アボジと結婚してからは、家事と育児と製本屋の労働に追われていた。

家には、叔母が残していった本が数冊あっただけだった。もっぱら、小学校の図書室を利用して、本を借りた。家で読んでいると、階下から、アボジが靴加工で使うトンカチの音だけが、家じゅうに響いていた。

物語が多かった。伝記ものは読んだ記憶はない。小学生のころは、私のまわりに将来のモデルとなる人はいなかった。中学生になると、バスケットや運動関係の本に出会った。社会人になってからは、映画の原作本を読みあさった。家庭をもってからは、育児書や女性問題や、子ども関係の本に食指が動いた。

指紋押捺《おうなつ》拒否の問題に取り組んだ時代は、「在日」関係や朝鮮の歴史、社会問題の本に手が伸びた。心が疲れているような日々は、小説を読む。なんにも考えたくない日々は、読書もできず、テレビをボーッと見ているだけ。

夫の会社に勤めだし、子どもたちがみんな小学校へ上がったころ、時間にも余裕ができた。どうにかして、私のライフワークを見つけたかった。夫の事務所にいれば、月々給料は入るが、それでは納得がいかない。他人の土俵で相撲をとっているようなもの。好きな仕事をしている夫に、嫉妬《しっと》していた。それだからか、なにかにつけてケンカ腰になっていた。焦っていたのだ。

会社人間だった夫は「きみは、お金になりそうもない仕事ばかりを選んでる」と言い、

「稼ぐだけが社会参加じゃないでしょう」と私。

フェミニズム関係の書籍は、経済的自立を煽《あお》る。生協関係の本は、ボランティアでの社会奉仕を煽った。そのあいだで揺れていた。

蘇生した名

指紋押捺拒否

十四歳の冬。初めて右手ひとさし指の指紋をとられ、外国人登録証を持たされる。区役所に行く私に母は、「文京区役所の人はやさしいから、言われたとおりにやれば、すぐすむから」。

私はわけがわからずに、一人とぼとぼと、区役所の外国人登録の窓口に向かった。区役所へ行くのは、このときが初めてだったと記憶している。担当したのは女性だった。カウンターのなかに招き入れられ、職員がいない机のまえに立たされた。

「指がちょっと汚くなるだけだから」と言いながら、おもむろに私の右手首を握った。

「はい、ひとさし指だけ突きだして」

黒いインクのスタンプ台で、ひとさし指を回転させた。外国人登録原票へ三回。外国人登録証明書へ一回。

「すみましたよ、これで指を拭いて」と、ティッシュとクレンジングを渡された。

汚《きた》ったないな……。

「この登録証はいつも持っていてね」

家に帰ると、不安そうに母が待っていた。

「大事なものだから、私が預かっておくからね」「なんかあったら、うっかり忘れちゃったと言うんだよ」

三年おきにくり返された。

子どもたちが成長し、結婚生活も安定したころ、社会では、押捺拒否運動が騒がれていた。「指紋押捺拒否予定者会議」の、千葉県の人びととの交流が始まる。何回も何回も押しているので、いまさらと思っていた。

一九八二年に法改正され、指紋押捺開始年齢は、十六歳からとなっていた。確認申請期間は三年から五年になった。

その改正理由がしっくりとこない。小手先だけで、のらりくらり。何世代になっても、犯罪予備軍として在日朝鮮人を管理しようとしている。

「やっぱり、押捺拒否する」と、夫に言った。

「え、ほんと、無理だと思うよ、相手は国家だよ」「よく考えて」と夫。

「『在日』の十六歳の子が先頭にたってるのに、無視はできないでしょ」

「ウチは私だけが外国人、あなたたち日本人は日本政府が保護してくれるわよ」

「だいたい、日本人っておかしい。日本人のふりをしているあいだは愛想がいいのに、『在日』を主張しだすと豹変《ひょうへん》する」

「私たちは日本で生まれているのに、なぜ、日本で暮らしてはいけないの」

最後は夫の、「ぼくは日本人の代表じゃない」。

阿修羅《あしゅら》のごとく泣き叫び、泣き疲れる私。

そんなやりとりをいく晩かくり返し、拒否を決定する。

夫の最後の条件は「ぼくといっしょに交渉すること」。そして「最後の引きぎわが肝心なので、そのタイミングはいまから考えといて」。

市役所での数回の窓口交渉後、最終的に、私が私であることを保証できる日本国籍人を二人選び、その人たちに保証書に押印してもらうことで決着した。一人は夫、もう一人は当時、市議会議員だった友人に頼んだ。

指紋押捺制度は、その後もころころと変わっている。八五年五月からは、指をぐるりと回す回転式から、押しつけるだけの平面式に。同年六月には、無色透明のインクを採用し、指が汚れなくなった。八七年には、押捺は確認申請ごとから、原則として最初の一回に。九二年、「永住者」については指紋押捺制度を廃止し、それに代わるものとして「署名」と「家族事項」の登録が新設された。ブック型だった外国人登録証明書も、キャッシュカードと同じ大きさになった。

しかし、いまだに常時携帯義務と重罰規定は改正されていない。私はいま現在も、六か月ごとに市役所と、「期間指定用紙」の切り替えを郵送で交わしている。

私の朝鮮語

一九八〇年代の指紋押捺騒ぎが落ち着いたあと、朝鮮語を習いに、ある塾に通いはじめる。その塾は当時、小田急線・南新宿駅から徒歩二分のところにあった。指紋押捺拒否運動で知りあった友だちからの紹介である。

夫は当初、反対した。

「子どもがまだ小さいのに」「きみは母親でしょ」「夕飯はどうするの」

「お母さんがいるでしょ」と私は言った。

夫の母親との同居が始まり、二年の月日がたっていた。保育所の送り迎えは、朝は私が、迎えは義母が担っていたので、夜の時間が使えるようになっていた。六時半から始まる塾。毎週木曜日に朝鮮語教室に通う。

そこでやっと、自分の名前をハングルで書けるようになり、発音できるようになる。新生の、いや真正の、いや蘇生させられた呼び名を、何回も口ずさみ、脳に記憶させた。生家の家族は、いまだに日本語読みで私を呼ぶ。そのころからあとに知りあった友だちは、当然、朝鮮語読みだ。名前の呼び方で、どの時代に知りあった人かがわかる。

なぜ、この塾が開校したのか。「あらまし」をホームページから引用してみる。

〈塾生と講師の手で自主運営されている朝鮮語の教室です。誰にでも開かれた「町の学校」として、三十五年以上の間、多くの人たちと共に歩んできました〉

〈一九七〇年十月、当時大きな社会問題となった金嬉老事件の裁判をきっかけに始まりました〉

〈言葉だけでなく、隣人・隣国について広く知ろうと、普段の授業のほかに公開講座

も開いてきました。テーマは歴史・文学・文化・社会問題・在日など多岐にわたっています〉

外国語として、朝鮮語を学びたくなかった。とり戻す感覚を感じられる場所で学びたかった。それには格好の塾だと思ったので、通いだしたのだ。

塾では年に一回、「公開講座」という講演会を開催していた。当然、参加した。

その日の公開講座の講師は、金嬉老《きんきろう》事件の裁判を支えた人たちの一人、大沢真一郎さん（京都精華大学教員）で、演題は「金嬉老公判対策委員会の八年が生み出したもの」だった。

金嬉老事件が起きたのは一九六八年。『戦後史大事典』（三省堂）にはこう書かれている。

「一九六八（昭和四三）年二月二〇日～二四日、在日朝鮮人金嬉老が日本国家・日本人の民族差別を告発した事件。ライフル銃で暴力団員を射殺したのち、南アルプス山麓の寸又峡温泉の旅館に立てこもった金嬉老の四日間の言動は、テレビや新聞によって連日茶の間に届けられ、人々に大きな衝撃を与えた。（後略）」

このときの大沢さんの、「多くの人はむしろ非専門家でした。素人ですね。朝鮮問題とは、たぶんそれまでは、ある種の専門家の領域の、専門家の仕事だったと思いますね。そうではなくて、普通の日本人の問題だと考えるようなきっかけをつくったのも、もしかすると、金嬉老公判対策委員会の果たしたひとつの力というか役割というか、成果ではないでしょうか」との言葉が心に残った。

公演後、懇親会が開かれる。私も残った。時間があっというまに過ぎていく。終電もなくなってしまう。みんなで塾に泊まるのを躊躇しなかった。

深夜になって、夫から電話がきた。

「とにかく帰ってきなさい。タクシー代は払うから」

私は無視した。三回電話が続き、みんなが「きょうは帰ったほうがいいと思うよ」。

しかたなしに帰宅した。その夜は二人とも無言で寝た。

二、三日後、夫婦共通の地域の仲間が、家に飲みにきた。全員男性だった。夫はその場で、外泊しようとした私の行動を批判しだした。

「なんのために通っているのかわからないよ」「塾の日はいつも終電だよ」

「私の尊敬する人が創ったところだから、通っているのよ」

みな緊張した面持ちだったが、しだいに、自分たち夫婦の関係とひきくらべて話しだす仲間が出てきた。

「まあ、Kさんの気持ちもわかるけど、育子さんの生き方も尊重したら」

意外な展開になってきた。夫は、私の言葉ではなかなか納得しないが、友だちや仲間の言葉は素直に聞ける。

この日を境に、塾の友との交流はますます頻繁になる。

梶村秀樹

梶村秀樹と出会ったのは家の本棚のなか。『写真記録　日本の侵略――中国・朝鮮』（黒羽清隆・梶村秀樹解説、ほるぷ出版）でだ。

夫とともに働く会社は、児童書、絵本、女性問題、福祉、障害児（者）関係の書籍の広告をあつかっている。気になる出版社の本は買っておくのが、夫の習い性。その本は児童・生徒向けに書かれた書籍だった。

指紋押捺拒否予定者会議の千葉の仲間は、梶村秀樹サークルといわれた人たちを中心に結成された。朝鮮近現代史研究者であった梶村氏は、広く自身の研究室を開放し、どの大学の学生も、また社会人も受けいれたらしい。梶村氏に仲人になってもらった夫婦もいた。押捺問題も一段落したので、朝鮮語を学んでみたくなった。そこで千葉の仲間に相談すると、ぜひ、南新宿にある梶村氏たちが創設した「現代語学塾」へ行ってほしいと言われた。自主運営なので、いつもお金に困っているらしく、一人でも生徒を増やしたい台所事情のようだった。

私は、日本語でいえば「あ・い・う・え・お」にあたる、朝鮮語の「カ・ナ・タ・ラ」もしゃべれないし、書けなかった。当然、自分の名前も。初級1が初心者のクラスで、開講は木曜日。さっそく入塾した。南新宿駅から二、三分のところにある塾は、木造家屋の、いまにも倒壊しそうな代物だった。詩人の中原中也も一時住んでいたことがあるという。

私のクラスは中年が多く、元気であった。学習後は、近くの酒屋やコンビニで買ってきたもので終電まで懇親会。

梶村氏はとうに塾を離れていたが、神話はそここに漂っていた。お酒はそんなに飲めなかった氏だが、ここでの飲み会は楽しみにしていたとの話も聞いた。

研究者と運動家を担っていた。在日朝鮮人の権利獲得運動には、つねに梶村秀樹の名前が見えていた。表に出ないようなときも、裏方として動いていた。精力的に、どんな小さな集会にも、呼ばれれば参加した。

指紋押捺を拒否し、「現代語学塾」へ通いだしてから、読書の傾向は韓国・朝鮮関係と「在日」の人権擁護関係の本が多くなった。それらの本でも、氏の名前と出会う場面は多かった。

私を奮い立たせた文章は、氏の持論である、朝鮮における「内在的発展論」。朝鮮における植民地政策を正当化する者たちは、インフラを整備した、近代化を進めたと言ってはばからないが、氏は、その途上であった朝鮮を文武で支配して朝鮮独自の成長を鈍らせたと説いた。


その梶村氏が入院したと聞いたのは、一九八九年の春。梶村氏に仲人を頼んだ、愛称・塾長からの電話だった。「車さん、梶村さんが大変なんだよ、肺ガンの末期らしい」「稲城の町病院から移したいんだよ」「どこかあてがあったら教えてよ」。

氏を尊敬する人びとや友人、先輩、家族は、大学病院へ移るのを願ったが、本人がかたくなに町病院にこだわった。そのまま数か月後、あっというまに亡くなった。

翌年の横浜での市民追悼会には、千葉の仲間といっしょに参加した。

「在日」を代表して発言した、九州から来た人は、涙ながらに語った。

「梶村さん、ごめんなさい」「ぼくらがあなたの命を縮めてしまった」「あなたは、どんな参加者の少ない集会にも、どんなに時間のないときでも、どんなに遠いところにでも、その重い鞄《かばん》を右手に、右肩を下げ、駆けつけてくれた」「ほんとうにごめんなさい」

国籍

先日会った韓国からの留学生から、「オンニ（姉さん）、なぜ日本に帰化しないのですか。日本籍をもっていれば可能性が広がるのに。国籍にこだわっているのですか」「民族と国籍は違うのだから」、あっけらかんとこのように言われた。

彼女は大多数の韓国人よりも、日本で在日朝鮮人がおかれている状況は知っている。アメリカにチャレンジしたい私の娘などはもっと大胆で、「アメリカで出産してくれていれば、米国籍もとれたのに。パンナムの機内でもよかったのに」と、しれっとして言う。

二人に共通するのは、いまや民族や国籍だけで自己のアイデンティティの証明にはならない、と考えていることだ。そんな世代が出現している現実が、日本に発生しているのだ。国境を軽々と越えていく若者たち。こんな若者たちが増えては脅威だと、保守派の自国溺愛《できあい》おじさんたちは危機感を抱き、やれ日本精神だとか、国を愛する心を養おうとか騒がしくなるのかもしれない。でもね、溺愛しすぎると、往々にして、自立した大人になれないのよね。

帰化をするのにやぶさかではなかったところ、一回だけ、行政書士に相談した。夫も子どもたちも日本籍だし、将来、韓国へ渡り生活する予定もない。どうせなら、日本に住むかぎり摩擦のない日本籍になってしまおうか、と。

「条件はそろっているので、申請そのものは問題ないでしょう。ただ、上申書を添えなくてはいけないので、なぜ帰化申請をする気になったのか、文章にしてください」と、行政書士に言われた。

二、三日後、文章を見せたところ、「帰化申請はお勧めできません」。

きっぱりとした判断だった。

その文章は、在日朝鮮人として窒息しそうになり、息を潜めて生きてきたが、今後は日本籍になり、朝鮮系日本人として誇りをもって生きていきたい――、だいたい、こんな内容だったと思う。これでダメなら日本籍なんかいらないと即座に決断して、そのとき、ビリビリと破り棄ててしまった。いまになれば、あの手書きの作文用紙をとっておけばよかったと悔やまれる。

そもそも、国籍とはなんなのだろう。「出生地主義」の制度の国に生まれていれば、私は申請などしなくても、その国の国籍を選べる。でも、日本も韓国も「血統主義」なので、親の「国籍」に組み込まれる。母はすでに日本生まれで、日本の学校教育を経て成人し、私を日本で産んで、日本語で育てた。私は日本語でしか思考できない。「韓国籍」がいやだというのではなく、実感がないのだ。

されど、日本人かというとハテナだ。世界人、宇宙人、キャベ人かな。日本生まれの日本人は、自分自身をどのように定義しているのだろうか。ちなみに、夫は自身を「在日日本人」と言ってはばからない。

「血統主義」のこの日本で、日本で生まれた「外国人」を、この先も公共性の共有から疎外すればするほど、「外国籍」を固持したくなる。北風と太陽の比喩《ひゆ》ではないが、燦燦《さんさん》と太陽の光を浴びることのできる日は、はたして来るのだろうか。

投票所入場券

結婚して初めて迎える選挙のとき、夫あてにきた一枚の葉書。それが投票所入場券だとは、にわかに信じられなかった。もっと重々しいものだと思いこんでいた。ただの紙切れにしか見えない。それを持って投票所に行き、投票用紙を受けとり、投票するのだと夫から教わった。

成人してからの投票日は長い休日だった。それでも独身のときは、家族全員が投票できないので、「まあね、外国人だから」と開き直っていた。ところが、家族が日本籍の夫となると、「な〜んかやっぱりおかしいよ」。

二人の実感からすれば、この二人、有権者としてどこがどう違うの。しゃべるのは日本語、税金も払っている。食事にしても、いまや日本人だって、キムチは食うは、コチュジャンだって調味料として使うは、かつてさんざん嫌われたニンニクさえ、ふんだんに家庭料理の材料に登場する。なんたって、結婚後のわが家の正月の雑煮の餅はトックだもの。国籍が違うだけで、市区町村選挙にも参画できないなんて。

私に選挙権がないことを、居住地で暮らす知人のうちの何人が知っているだろうか。きっと、知っている人のほうが少ないだろう。日本人と結婚すれば、日本人になると思っているのだろう。

国籍法と婚姻法は別のものだと認識している日本国籍人は、ほんとうに少ない。日本人と結婚しても、「帰化」申請をしなければ、日本籍は得られない。日本社会は均質的な社会といわれているが、そう思わされているだけではないか……。

夫の母のガンが再発したとき、ペルーから、その母の弟夫婦を呼んだ。ペルーでは二重国籍を認めていて、日系ペルー人の弟夫婦は出生届も婚姻届も、ペルーの日本大使館をとおして日本国に提出していたので、日本国籍をもっている。同時にペルー国籍ももっていた。

日本のパスポートをつくりたいと言うので、入国管理事務所に問い合わせると、住民票をつくってくださいという。市役所に事情を話し、住民票の取得方法を聞くと、私たちの住所を弟夫婦の現住所とし、現在そこに居住している証明として、旅行先からでもいいので、その住所の本人あてに葉書でも送って、それを申請のときにお持ちください、と言われた。

申請後、一週間ほどでみごとに住民票ができあがり、日本のパスポートも取得できた。二年ほど私たちと暮らし、その間に選挙があった。義母の弟は日本で教育を受けたので、立候補者の主張などのチラシを読める。しかし、妻は名前を読むのに精一杯だった。そんな二人に、みごとに投票所入場券が郵送されてきた。

「血統主義」体系の不条理を目の当たりにした私にとっては、めんたまがひっくり返るほどの大事件だった。

叔父の葬式

叔父が死んだ。五十六歳で、妻と二人の娘を残して逝《い》った。妻である叔母はアボジの妹で、叔父と結婚したころ、私はまだ小学生だった。

結婚するまえ、叔母には職場に好きな人がいて、私をダシにしてデートを楽しんでいた。おかげで小学生のころから、日比谷公園や有楽町の映画街などは見知った場所になる。夏は泊りがけで、叔母の友だちグループの海水浴などにも引っぱりだされた。もちろん、そのなかに彼もいた。

うすうす感づいていたハンメから、むりやりお見合いをさせられ、本人の意思の確認もなく結婚させられた。結婚の前日、泣いていた叔母。

日本人といっしょになっても幸せになれない、だいたい、相手の親や親類が許すはずがない。好きな相手が日本人だというだけで——。本人もそこのところはわかっていたらしい。それが一九六〇年代、日本で暮らしていたおおむねの「在日」の結婚観だった。

六畳一間の二人の新居に、よく遊びにいった。夫となった人はタイル張りの職人。叔母はせっせと内職をする。狭いアパートは、内職の小さなネジを入れたダンボールに占領されていた。私も少しは手伝ったかもしれない。

私が行くと叔母はいつも、夕食の買い物に行こうとうながした。なにが食べたい。きょうはご馳走だからね。お客さんなんだから、遠慮はいらないよ。

叔父が仕事先から帰ってくると、三人でちゃぶ台を囲み、夕食になる。ある日のテレビでは、アイスホッケーの中継をしていた。スポーツが好きだった叔父から、選手の名前やルールの説明を受けた。無口なアボジと違い、おしゃべり好きな叔父だった。

世間がバブル景気に浮かれていた九〇年四月、叔父はひっそりと病院で亡くなった。自殺のような死に方だった。再三、医者から酒を止められたのにもかかわらず、飲みつづけた結果だった。

遺体を家に運び、仮通夜のなかで、区役所に届ける書類に、叔父の娘二人ととりかかった。娘たちはそのとき初めて、自分の本名を知った。

一人は、海外旅行をしたときにパスポートに書いてあった「字」に出会ったが、なぜその「字」をいままで使っていなかったのか、疑問にも思わない。彼女の生活に溶けこんでいない名前、からだに沁《し》みついていない名前。一人は、結婚した相手が日本人なので帰化すると言う。いままで、両親と名前について話したこともないという。

当然、叔父の葬式は日本名で執りおこなわれた。

一世は生活のため、しかたなく日本名を使用した。二世たちは、その名前を暮らしのなかにとり入れた。三世は、それが習い性になってしまった。

似たり寄ったりの叔父たち世代の葬式に出席するたびに、寂しさが募る。ほんとうに日本人を装ったまま生きていたかったのか。子どもたちに、なにか言いたかったのではないだろうか。

日本に住みついた「在日」の矛盾を一人ひとりが背負い、個人に集約させてよしとしている社会に、なにも主張しきれないまま死んでいった多くの男のなかの一人として、叔父はこの世から消えた。

韓国旅行

観光旅行の行き先に、韓国は入れられなかった。素直に観光地とは思えなかった。

そんな私が旅行を決意したのは、朝鮮語を習いだして一年半がたち、そのクラスの仲間からの誘いを受けたからだ。

最初の渡航のとき、「在日」はかならずと言ってよいほど、機内から朝鮮半島を見下ろすと涙ぐむそうだ。私の涙が見たいというわけではないだろうが、同行した者の心づかいで、私の席は窓側に決められていた。けれども、私をふくめて、いっしょに行った友人たちのその期待には添えなかった。なぜだろうか。いまもってわからない。

空港に着いて、入国検査、荷物のチェックと、それほど時間はとられなかった。アー！

わりとスムーズにいくものだなと苦笑した。

十年くらいまえ、ハンメが訪ねたときは、それこそ荷物を上にしたり下にしたりで、チェックが終わったあとにトランクにふたたび荷物を入れるのが大変だったと聞いたからである。七〇年代に留学したことがある同行のシニョンも、「ずいぶん楽になったし、警官の姿が目立たなくなった」と言った。やはり、民主化が進んでいるのだろうか。

一日目の始まりである。その日は一日じゅう呑んでいた。「いいかげんにしなさい」と同室の二人に叱《しか》られた。市場に店を張るポジャンマチャ（屋台）。どの旅行ガイドブックにも出ているが、市民の健啖《けんたん》家ぶり、海の幸の多いこと。いまさらのように、この国も海と接しているんだと実感した。

中二日、滞在したソウルは、私たちに多種多様な顔を見せてくれた。

ここでは二つだけ……。

新村《シンチョン》を歩いていたとき、仲間の一人が殴られた。ただ、肩が触れたというだけで。とにかく、どこもかしこも、ひと、ひと、ひとでごった返している。全人口の五分の一が都会に流入している現実。はけ口のない不満や、やり場のない苛立《いらだ》ちの標的にされたのだ。なぜか哀しかった。

地下鉄のホームで、私とシニョンは泣いた。それは加害者と同じ国籍をもつ者だからだろうか。

日本からの渡航者への視線はやはり、どこかよそよそしい。しかし、少しでもハングルで話しかけ、勉強をしているところだと説明すると、それだけで相手の気持ちが和んでくるのがわかる。

「日本人観光客を見て、どう思うか」というアンケートの結果を読んだことがある。ソウルに来て、自分の娘のようなアガシ（若い娘）と腕を組み、これ見よがしに歩いている男たちは好きになれない。しかし一方で、ここ数年のあいだに少しずつではあるが増えているタイプの観光客――地図を片手にリュックを背負い、つたないハングルで道を尋ねて歩いている若者には好意をもつという。

これはあたりまえの気持ちだろう。どこの土地の人だって（日本人も同じだと思う）、その土地の文化や歴史には目もくれず、ただただセックス・アニマルと化した集団を目の当たりにすれば、嫌気がさす。

そんな日本人集団と出くわした。カラオケバーで。当然といえば当然だった。そこは、女性を求めて外国人の男性がたむろする宿の密集地帯に、ほど近かったのだ。

彼らは深夜零時《れい》になると、同行していたアガシをともない、波が引くように店を出た。アジアの各地で毎晩くり返されている光景なのだ。

その夜は同行の日本人、カオルさんが泣いた。

最終日、朝、不覚にも空港までの車のなかで突然、目がしらが熱くなった。飛行機が飛びたつときにも。

三泊四日で「韓国」がわかるはずがない。「韓国」をわかろうとして来たのではなかった。実際を受けとるために来た。そして、生地である日本にも、籍のある韓国にも依拠していけない私の現在を視《み》たのだ。

心の奥底に甘えがあった。言ってみれば、その涙は両親から巣立つための儀式だったのかもしれない。

四十に近づいてようやく親離れを決意した。なんとも遅い自立である。

ハンメちゃん

夫の地域デビュー

長女が勢いこんで玄関に入ってきた。

「お母さん、大変だよ。久保じいがやめさせられちゃう」

久保じいとは、小学校の用務員さん。〝じい〟とは言っても、まだ三十代。学童保育に通っている娘たちを暖かく見守ってくれていた。給食の牛乳があまっていると学童室に持ってきてくれた。校区のほとんどの子どもは、集合住宅に住んでいて小動物は飼えないので、自宅に飼っている犬を連れてきて、子どもたちと遊ばせたり。

学童に通っていない子にも、久保じいの人気は高い。そんな久保さんがなぜ。

私たちはさっそく集会をもつことにした。団地じゅうにチラシをまき、第一回の集会を開いた。

集会場に行ってみてびっくり。すでに、会場には熱気がみなぎっていた。久保さんって、子どもだけでなく保護者からも信頼されていたんだ。急遽、嘆願署名を集めようと、全員一致で決定した。

一週間後に集まった署名は三千五百筆。子どもたちからの「久保さん、やめないで！」「市長さん、久保さんをやめさせないでください！」などの手紙は八十通あまり。二十万円強のカンパも集まった。ＰＴＡとしても取り組んでいきたいので、ＰＴＡの臨時総会を開くよう、会長に相談しにいく。

ところが、ＰＴＡの規約には「学校の人事や管理には干渉しません」の文言が入っているので、ＰＴＡとしてはとりあつかわないと一蹴《いっしゅう》された。それではと市長に直談判したが、かなわなかった。

久保さんは学生時代、成田闘争（成田空港の建設反対運動）にかかわっていた。成田の農民を見たとき、故里《ふるさと》のおじいちゃん、おばあちゃんとダブった。自分の田畑を守る姿を目の当たりにして、どうしても見過ごすわけにはいかなかった。

機動隊が入った「三里塚強制代執行」のとき、一度は逃げられたのに、友人から借りたメガホンを取りに戻り、捕まってしまう。凶器準備集合罪に問われ、用務員になってからも裁判を続けていた。その判決は執行猶予つきだったが有罪で結審し、それを受けて市から解雇されたのだ。一九八六年のことだった。

「久保道典さんの復職を願う会」は、その後もさまざまに模索しながら活動を展開したが、しだいに先細り、会は解散し、久保さんは故郷に帰っていった。

この事件で、夫は目覚めてしまった。

ＰＴＡの内部改革を始めるため、お父さんたちと役員になる。いままで妻にばかり任せていた夫たちは、反省したのだった。

九〇年、学校は市からの指定を受けて、生涯学習研究指定校になる。夫は、翌九一年にＰＴＡ会長になった。その年は、ＰＴＡ創立十周年にあたった。十周年事業として、教師とも相談し、校庭で飼育小屋づくりを始める。大工仕事のお誘いをかけ、ふだんは学校には寄りつかないといわれる父ちゃんたちを集めた。

九二年、指定期間さいごの年に、（千葉県習志野市）秋津地域生涯学習連絡協議会を立ち上げた。小学校の余裕教室と敷地を利用した、大人のサークル活動が月一回、第二土曜日に始まった。当初は四サークル。

①陶芸教室、②水彩画教室、③うらの畑、④伝承あそび

（「うらの畑」とは、校庭の余裕敷地で野菜や草花を栽培するサークル）

その間も父ちゃんたちは、余裕教室をリフォームして、低学年の子たちがごろっと寝転びながら本を読める「ごろごろ図書室」をつくり、校庭には砦《とりで》のような滑り台を手づくり

していく。そこに集った父ちゃんたちによって、「工作クラブ」が生まれた。

そうした活動のつみ重ねから、ついに九五年、小学校の一階の余裕教室四室と、陶芸窯《がま》つきの小屋、校舎裏の畑用敷地を、社会教育の場として市から委託される。これによって、小学校の一部が正式に地域に開放されることになり、「秋津小学校コミュニティルーム」が開設された。

秋津地域生涯学習連絡協議会は、秋津コミュニティに改称。以後、生涯学習のソフトを開発する団体となる。そして、秋津小コミュニティルームで活動するサークルをたばねる団体として、秋津小コミュニティルーム運営委員会も発足。夫は二団体の初代副会長となる。会長は、町会連合会長のYさんが担った。

生涯学習

十年前の一九九七年、当時の秋津小学校校長だった宮崎稔さんと夫とで「学校と地域の融合教育研究会」(略して融合研)を創設した。ちょうどそのころ、夫と私で築いてきた会社が傾きかけていて、私は資金繰りで四苦八苦の状態だったので、会員にはならなかった。融合研、融合研と楽しそうに活動している、社長である夫にはあきれていた。そのうえ彼は、九九年三月に地域活動をまとめた本を出版してからは、全国各地から呼ばれるようになり、ますますうれしそうに全国行脚《あんぎゃ》に拍車がかかった。

彼いわく「お金はあとからついてくる」。私は資金繰りに追われながらも、融合研は手弁当の会なので、お声がかかれば時間がゆるすかぎり手伝いはしていた。既存の教育行政におもねっていないような人が多い会なので、興味もあったからだ。

けれども、融合研の実践活動と研究テーマに、腑《ふ》に落ちないものも感じていた。「生涯学習」がひとつの謳《うた》い文句の融合研ではあるが、生涯学習というものへの視点が、どうも私にはしっくりこないのだ。

「在日」の女の多くの一世たちは、日本に渡ってきてから、それこそ死にもの狂いで、生活の基盤をつくりあげる労働力となった。教育なんて受けている暇などなかった。

ふと気がつくと日本語を「読めない」「書けない」ので辱められたり騙《だま》されたりし、悔しかった自分に向きあい、「オモニ　ハッキョ」（お母さんの学校）で学習を始めた。各地の公民館や集会所、学校の夜の教室で。自分の息子や娘、あるいは孫のような年齢の先生から教わり……。

かれらこそが本来の「生涯学習の体現者」なのに、それに言及していない融合研ってなんなの。

しかし、翻《ひるがえ》ってみれば、そもそも「在日」の存在そのものを学校で教えられていないのだから、融合研の一人ひとりに責任を転嫁してもしかたがないのかもしれない。

ひらがなの多い自分史を書き上げたときの、彼女たちの笑顔。つたない文章が、それぞれの勤勉さを物語る。文字を獲得するのに要する時間の長さに頓着《とんちゃく》しない。知りえた言葉の一つひとつがたいせつなもの。

学ぶことの楽しさを教えてくれる。学ぶ量で人を押しのけたり、排除したりしない。学びをみんなでわかちあう。

そんなハンメたちと、どうしても連なっていたい。時代の風潮は変わっても、私の生涯学習の原点はそこにある。

息子の卒業式

三人の子どもたちの公的な式典には、チマ・チョゴリを着ていった。日本人の妻である人はすべて日本国籍人であると錯覚している世間に承服できなかったし、子どもたちには、両親の国籍の違いをあるがままに感じてほしかった。

夫とも相談して、二人目の子（長男）の小学校の卒業式では、つぎの文章を書いて、そのビラを校門のまえで配った。

本日卒業式へ出席される皆様へ

ご卒業おめでとうございます。人生の中のひとつのお祝いの席に、私もまた立ち会うことができて嬉《うれ》しく思います。このような日に、いや、このような日だからこそ、この場の当事者として、このような文章を創り皆様に手渡しているのですが……。

私は、在日朝鮮人三世です。二年前の長女の卒業式に「君が代」を「国歌」として、この体育館で聞いた時、深い消滅感に襲われました。「日の丸」に起立し、「礼」をし、「君が代」を歌うことは、今の私を否定し、私に至る生の継続を否定するように思えるからです。

私がこの地・日本に暮らすようになった出発点は、日本の植民地支配に辿《たど》れるからです。

かつて、日本（大日本帝国）は、「日の丸」「君が代」の名の下に、朝鮮半島を侵略し、ハングル（朝鮮語）の使用を禁止し、宗教も押しつけ、名前まで日本式（創氏改名）に変えさせました。このような歴史をご存知でしょうか。その反省がないままに、現在に至っていることが残念でなりません。

私はこの地に住み着いて三代目になります。祖母は文字を書くことも、読むこともできない老女になりました。彼女の時代、朝鮮の多くの農民は、村の共有地を協同で耕し、共同体の中で百姓をしていました。しかし、その土地を突然奪われ、村民所有の耕作地はどこにもなくなってしまったのです。

祖母にとっての土地（朝鮮）がなくなった時、食べられる所に流れていくしかなかったのです。行きついた先がこの地、日本でした。そして、その時代は植民地政策の真只中でした。朝鮮人はみんな、「日本人」と見なされ、父や夫、兄弟が、日本の軍人・軍属とされて徴用、強制連行までされました。

しかし、日本の敗戦後、一方的に「外国人」とされ、それゆえに軍人年金、その他のいっさいの救済制度からはずされました。

そして、これはおぞましく、身がさけるような事実ですが、母や姉、妹が、昨年来、新聞報道等で多く取り上げられた「従軍慰安婦」という名のもとに、強制的に、あるいはだまされ、言葉ではとうてい表現できない生を強要されたのです。けれども日本政府は、未だに彼ら、彼女らに対して謝罪も補償もしていません。

このような、歴史的な背景を持つ人々につらなる私が、「日の丸」「君が代」に対して、「起立」「礼」「斉唱」など、できるはずがないのです。

どうか、私がその一瞬、席にただじっと座っていることをご理解いただきたいと思います。

長々と私の話につきあっていただきまして、ありがとうございました。

本当に、今日は、おめでとうございます。

一九九三年三月十八日

車《ちゃ》　育子《ゆっちゃ》

このビラを配布できたのは、地域に仲間といえる人びととのつながりが育っていたからだ。私たちと同じように、夫は日本籍、妻は日本のかつての植民地籍の夫婦とこのビラについて話したときに、その日本籍の夫は「Kさんと車さんは、地域のみんなと日常的にさまざまな活動をしているから、反発がなかったのだと思うよ」と言った。

パラム（風）の会

私の子どもたちが通っていた小学校が生涯学習研究指定校になり、地域の親たちがさまざまな活動を展開した。その流れのなかから、指定校の年度は過ぎても、せっかくもりあがった地域の力を継続的につなげていきたい親の思いと、児童数が減って余裕教室が増えてきた現実とがうまくあわさり、小学校の敷地（一階の四部屋と校舎の裏）を地域の人びとが使用できるようになる。

秋津小学校コミュニティルームと呼んでいる。陶芸同好会、劇団・蚊帳《かや》の海一座などなど、現在、さまざまな二十八の自主活動のサークルがある。

ある日、コミュニティルーム開設当初からかかわっていたNさんから、「学生時代に挫折した朝鮮語を始めたいけど、どう思う」と相談された。もちろんそれは、仲間を集めてということだった。二十数年ほどもまえになる学生時代、一人で学習していても、いまのようには教材もなかっただろうし、なにをどうやって進めればよいか困惑するNさんの姿は、想像に難くない。

一方、私にしてみれば、日ごろ地域の人たちと接すれば接するほど、「在日朝鮮人」がいかに彼・彼女らの視界にないのかを実感していた。いわく、「日本で生まれたのに日本人じゃないの？」「朝鮮語の勉強してるって言ってたのは、先生として教えてたんじゃないの？」「日本の学校に通っていたんですか」「え、選挙権がないんですか」などなど。ここでなにかしてもいいかなと思っていたところだった。

Nさんは幸いにというのか、幼いときに在日朝鮮人が多く住む部落を知っていて、なにかひっかかるものを感じながら成長した。大学時代の友人に在日朝鮮人がいたこともあり、朝鮮の文化や歴史を自分なりに咀嚼《そしゃく》していた。

朝鮮語にひかれたのも、学生時代の予備校の先生に「受験勉強もたいせつだが、日本は隣国になにをしたのか、日本人としてしっかり学ぶことは、とてもたいせつなことだ」と言われたからだそうだ。

二人が話し合うのは、だいたい酒が入っているときである。コミュニティルームの行事のあとや打ち合わせのあとで、日本酒、それも純米酒の好きなNさんが自分の好きな酒を持ってくるときだ。酒の勢いもあり、二人でその場はおおいにもりあがる。が、講師のあてや、受講生をどう集めればいいのか、具体的にはなかなか話が進まない。

それでも「やりたいね」という想いは日々、募っていった。もうこうなったら、二人ででも始めよう。そもそも、朝鮮語と言ってもピンとくる人はいないに等しいのだから。二人で楽しくやっていれば、興味をもつ人も徐々に増えてくるだろう。

それに、秋津コミュニティの謳い文句は、「楽しく、ゆっくり、〝わたし〟流に！」だもの。それで行こう。けれども、講師はいなくてはどうにもならないだろう。私が教えられるはずはないもの。

朝鮮語を教えている人と学ぶ人を、Nさんよりはたくさん知っているというので、はからずも、講師探しは私の役になってしまった。

講師が見つかりしだい朝鮮語講座を始めよう、と確認しあう。この講座の話がもちあがったときから、Nさんには、言葉だけの学習の場にはしたくないとの想いがあり、その想いに私も共感したので、あえてこの小学校のコミュニティルームで、朝鮮語講座を始めるのだ。

会の名前は「パラムの会」とした。言葉を学ぶことをとおして、この日本のありよう、在日朝鮮人や朝鮮半島のことなどを、普段着の言葉で言いあえる集まりの「場」となったら、きっと、地域で暮らす人びとの意識の幅も広がるだろう。まあ、第一義的には当面、言葉のほうの学習に力を入れなくては。

こんなふうにして始めたパラムの会だったが、講師をひき受けてくださった方は、おおらかな方で、てんでばらばらな受講生のレベルをのみこんで教えてくださり、とても助けられた。

この会は、一九九八年十月から始まり、二年ほど続いたが、講師の転居でその後、休眠状態である。二〇〇一年春には、受講生を中心に、秋津の仲間で釜山《プサン》旅行を果たした。私にとっては二度目の韓国行きだったが、最初のときと違い、気負いはなくなっていた。

色・いろいろ水彩画

黒板に「車　育子」と書いて、「ちゃ・ゆっちゃです」と言う。

一様に子どもたちはざわめく。

「ヘンな名前」「日本人じゃないの」「どこで生まれたの」

質問は予想の範囲内であった。子どもは素直さゆえに、ときとして残酷だ。

「漢字の読み方は、国によって違います」

「私は日本で生まれましたが、私の親が韓国籍なので、韓国籍です」

「日本人ではありませんが、日本で生まれたし、日本の学校で勉強したから、日本語もみんなといっしょで上手です」

ここらへんから子どもたちは、わけがわからなくなる。目を白黒させる。

いままで秋津コミュニティの行事で知りあった子どもたちは、親が「ちゃさん」と言うから、自然になじんだ。けれども、この「色・いろいろ水彩画」の子どもたちにとっては、突然の異文化体験になってしまう。異文化といっても、目の前にいる人は自分たちとぜんぜん変わらない人と思えるのに、どうして……。子どもたちの動揺が「面白い」。

納得はしないが、受けいれる柔軟性は子どもの特質だと思っている。名前とか国籍などで、子どもは評価しない。水彩画教室のその時間、楽しく過ごすことができるのを期待する。

この教室も二年目に入ったが、先の疑問を引きずっている子はいない。

じつは、この水彩画教室での画法は、松本キミ子さんが編みだした「キミ子方式」というもので、使う絵の具は三原色と白だけ。そして輪郭線を描かない、という絵画方法なのだが、免許皆伝をもらっているわけではないので、「色・いろいろ水彩画」という名にした。

秋津コミュニティで、「秋津・地域で遊ぼう！」実行委員会を立ち上げたとき、だれかが先頭に立たなくてはいけないだろうなという思いから、水彩画教室を言いだしたが、じつは困っている。その度量がないのは明白だったから。なんで二年目もしているのだろうと、自分でも不思議。それでも、子どもたちは楽しんで来ている。うれしいことだ。

私がいままでに子どもたちと水彩画をした経験は、十数年前に半年間だけ。教師でもない。私自身が習っている途上だ。それだから、子どもといっしょになって筆を持って、いちばん初めに画用紙に絵の具を塗るときには、緊張する子どもたちと同化する。同じように悩むのだ。

先生と言われるのは面映いので、「ちゃんちゃん」と呼んでもらっている。街なかで会うと「ちゃ〜んちゃ〜ん」と、子どもとその親から呼びかけられる場面が増えている。

先日も「秋津・地域で遊ぼう！」の「豚汁を作ろう」という催しで手伝いをしていたら、「ちゃんちゃん、なんでここにいるの」と、水彩画教室に来ている子どもたちから言われた。「きょうはお手伝いだよ」とこたえると、「フ〜ン」と言いつつ、見知っている大人がいると、子どもは安心する。そして、私を知らない友だちに「この人ね、ちゃんちゃんっていうんだよ」と、ちょっと自慢げに紹介しはじめる。


二〇〇〇年に一年間だけ、地域の人たちとともに「習志野市子ども外国語学習推進協議会」（市からの指定）を立ち上げて、「地域ですすめる子ども外国語学習」を開催した。そこでも感じたのが、外国語とか外国人というと、欧米を思いうかべてしまう日本社会の現状だった。

世界は広く、さまざまな「国」や「民族」や「地域」の人びとがいるんだよ、そして、日本にもさまざまな人が暮らしているんだよと、子どもたちに知ってもらいたくて、あえて、四か国語に挑戦した。「英語」「韓国・朝鮮語」「スワヒリ語」「ネパール語」。

英語以外は、その国の食べものや民族衣装、楽器なども使った。とくに料理は好評で、おかわりをする子が多く、食べ残しはなかった。私にとっても感慨深い体験だった。とくに特技があるわけでもない、ただのおばさんが、こうした事業に参画して、「お国」(当時の文部省)から助成金もいただいちゃったわけだから。

じつは、「色・いろいろ水彩画」教室も、文部科学省「地域子ども教室推進事業」(子どもの居場所づくり)の委託先になっている。

委託先を模索した文科省から融合研に「お声」がかかったのが、二〇〇四年も押しせまった年末だった。融合研の役員会で議題にあがり、三か月ほど、受ける受けないのすったもんだのすえ、融合研のなかに「地域子ども教室 融合研運営協議会」を創設した。そして、全国各地にいる会員を中心に、「ゆうごう子ども教室」を組織した。つまり、全国の「子ども教室」は「地域子ども教室 融合研運営協議会」の再委託先になる。そのなかのひとつが「秋津・地域で遊ぼう!」だ。

「国籍条項」で職業としての教師は断念したが、地域の「おばちゃん先生」ならいつでもなれるんだと、「色・いろいろ水彩画」教室で実感している。

スジとニンニク

「このスジ、やわらかいね」

「ほんとうに気軽に手に入るようになったもの。最近のは肉がたくさんついてるから、切りやすいし」

お正月の実家での母との会話。

夫や子どもたちもスジは大好き。実家のスジは醤油とニンニクだけで煮る。こんにゃくと長ねぎを入れるだけで、旨《うま》い料理になる。おかずにしてもいいし、酒の肴にもあう。ビビンバにするとさらにおいしい。ごはんを入れたどんぶりにナムルとスジ、それにキムチを入れ、しゃもじでかき混ぜる。アー、唾が出てきた。

私が小学生だった四十年ほどまえは、スジは肉屋にしか置いていなかった。大きなビニール袋いっぱいで百円くらい。経済的な動物蛋白《たんぱく》。日本人は犬のえさにしていた。

そのころのスジはほんとうに見た目も筋そのもので、細かく切り刻まないと硬くて、かみ砕くのが大変。牛肉が好きなアボジは、率先してスジ切りの手伝いをしていた。スジとはいえ、風味は牛肉だから。

関西ではおでんダネにしていると、最近知った。居酒屋のメニューにも登場する。私が食べなれたスジとは若干、趣が違うが……。二十年ほどまえ、飲み屋をしていた知人に「スジでも出してみたら」と言ったが、「あんなの値段がつけられない」と断定された。

スーパーにならぶスジを観察すると、なるほどたくさん肉がついている。私が調理しても、やわらかく、なかなかのものに仕上がる。もちろん百円でビニール袋いっぱいとはいかないが、今日でもじゅうぶん安く手に入る食材だ。

母の家庭料理にニンニクは欠かせない。家族が食べなれた味だが、「ニンニク臭い」――この言葉には警戒させられた。

「このスジどうするのと聞かれたら、犬に食べさせると言うんだよ」と言って、肉屋にスジを買いにいかされた。ニンニクにしても、恥ずかしげに買っていた母の姿。キムチを食べたあと、外出しようとすると、「口が臭いと言われたら、餃子《ぎょうざ》を食べたからと言うんだよ」と知恵を授けた母。

ハンメは五十代でニコヨンをしていたときに、弁当に入れたキムチを食べていてバカにされ、それ以来、どんなときにもけっして口にしなかった。

焼肉のたれのテレビCMに始まり、キムチの隆盛、スジの登場。あれほど、この国で嫌悪されていた食品が、スーパーやコンビニに氾濫している。

キムチ

韓流ブームとかで、昨今は韓国への旅行者が増えている。韓国料理ももてはやされている。ヨン様が食べるというので、キムチも大人気だ。

事務所の近くにも、従来の焼き肉屋や韓国家庭料理の店が増え、ビジネスウーマンたちは、おいしそうに昼食時にキムチを食べている。

キムチというと思い出す子どもがいる。いま二十歳になっている。彼がまだ小学生だった、十数年前のある日の昼食どき。息子と遊ぶので、家に来ていた。

休日の昼はだいたい麺《めん》類と決まっていた。うどんを食べていた。食卓には、ねぎとキムチがのっている。私は汁物にはキムチを入れる。

いつものようにキムチを入れて食べていた。

「おばさん、キムチ好き？」

「大好きよ」

「ぼくの家のお母さんもお姉ちゃんも、好きだよ。でもね、みんなには言っちゃダメだって」「おばさん韓国人でしょ。チョゴリ着てたものね」「ぼくも韓国人なんだよ。でも、だれにも言わないでね、嫌われるから」

私たち家族は、彼の言葉に顔を見合わせた。

あわてて「だれも嫌いになんかならないよ」「キムチだってみんな食べてるし、おばさんもまわりの人に嫌われていないよ」。

それでもかたくなに、息子の友だちは言った。

「内緒なんだから、絶対だれにも言わないでね」

その当時、キムチはすでにスーパーで売られていた。私のまわりの日本人の食卓にもよく登場していた。

キムチは「市民権」を得ていた。

ある叔母は、学校へ持ってきた弁当のなかにキムチがあるとわかっていたので、弁当箱をあげず、水を飲み、空腹を満たしたと言っていた。

「在日」の披露宴や葬式にはかならず、その家の自製キムチが登場した。どこの式場でも。それほど身近な副食なのだ。母は、生家ではキムチの漬け方を教わらなかったので、嫁にきて苦労して、キムチの味付けを覚えた。

八百屋でニンニクを買うのもはばかられた、そんな風潮を忘れたように、エスニック料理の普及とともに、ニンニクを使う料理は増えている。健康食品としても注目されている。キムチは食材としても便利に使いこなせるので、キムチチャーハン、豚キムチ、キムチ鍋などは家庭料理の定番メニューになりつつある。

ハンメの曾孫ともいえる年齢の、息子の友だち。いまだに、長年食べなれているキムチのことを隠す、その母と姉。巷《ちまた》にあふれる韓国食材を見て見ぬふりをする「在日」の一群の存在に、気づこうとしない日本社会。

四世代をも経て、いまだに本名も名乗れない人びと。連綿と続く影。

ハンメちゃん

一九八〇年代、指紋押捺拒否運動で知りあった同世代の女性たちは、「オンマ」と子どもに呼ばれていた。子ども独特の、信頼と甘えが混ざりあう抑揚をつけた声。それを聞くたびに、私もわが子にそう呼ばれたいと、密かに思った。

オンマとは、オモニ（お母さん）の幼児語。妊娠がはっきりしたとき、そんな言葉は知らなかった。お腹の子に「お母さんはね……」と話しかけていたくらいだもの。いまさら、オンマとお呼びと子どもに言っても、それは親のわがまま。

ただし娘は、私がオンマと呼んでほしいのを知っていた。おねだりするときとか、お願いごとがあるときには、調子よく猫なで声で「オ〜ンマ」と呼ぶ。しかし、それも高校生までだった。

私が夫を呼ぶときは、苗字で「Kさん」と呼ぶことが多い。事務所でほかの人といっしょに仕事をしながら、まさか「ユウジ」という名前での呼びかけははばかられたし、仕事中は夫婦の感情は抑えたかった。

二人の男の子たちは、中学生になると「お母さん」から「おかん」になって、その呼び方に現在は落ち着いている。

十四歳のとき、初めて指紋押捺をし、日本人のように振る舞ってもやっぱり朝鮮人なのだと突きつけられた。それだからか、高校生になったときは、日本語読みの本名にした。時が過ぎ、結婚して、帰化申請をしようとまで思ったが、思いとどまった。私はわたしで、国籍に囚われなく生きていこうと。日本で生まれた外国人が、あたりまえに暮らせる社会を求めていこうと。

名前の読みを、「いくこ」から「ゆっちゃ」に変える決心をしたけれども、家族には、名前の呼び方の強要はしたくなかった。自然に納得してもらいたかった。

地域で会う子どもたちは「ちゃんちゃん」と呼んでいる。家族ぐるみで付き合っている家の、私たち家族が〝地域の孫〟と言っている子は、親が「ちゃーさん」と呼ぶので、「ちゃーさん」と呼ぶ。

息子は〝できてよかった婚〟で結婚したので、当然のことながら、孫が誕生した。はたして、なんて呼ばれたいか考えた。

夫はためらいなく、「ユーくん」と呼ばれたいと言った。「だから、これからはぼくをユーくんと呼んで」「まわりがユーくんと呼ばないと乳幼児は認識できないから」と。地域活動を夫婦でともにしているので、最近は私も、ユーくんと呼ぶ機会がぐんと増えてきた。子どもにはオンマとは教えられなかったが、いまだったら、孫には教えられる。そこで、決めた。「ハンメちゃん」。二歳に近づくとカタコトがしゃべれるようになる。

いま四歳になった孫は、わだかまりなく「ハンメちゃん」と呼んでいる。

近頃、夫は私を呼ぶのに、「ハンメちゃん」と「ちゃんちゃん」と「ちゃさん」と「ゆっちゃさん」を使いわけている。昨年結婚して石垣島に暮らす娘も、「ちゃんちゃん」と呼ぶ瞬間がある。どうも二人とも、甘えたいな〜とか、話を聞いてほしいな〜と思うと、「ちゃんちゃん」が口から出てしまうようだ。

孫といるときは、家族全員から「ハンメちゃん」と呼ばれている。

ミックス

「美香が、五月の連休に孫を連れて日本に来るの。そのときホーム・パーティをするので、家に遊びにきてよ」

美香というのは、友人夫婦のお嬢さん。米国人と結婚して、ボストンに住んでいる。

彼女は高校のときに留学し、大学をボストンで卒業して、そのまま米国に残った。中国系の経営者のレストランで支配人をしているときに彼と出会い、結婚を決めた。その後、日本に帰らずボストン暮らしを続けている。

彼女の夫は、大の日本贔屓《びいき》。浜美枝が出演した「007」シリーズの映画で見た、花嫁衣装の角隠《つのかく》しに感動。「結婚式はぜひ日本で。そして袴《はかま》を着たい」。東京・港区の明治記念館の式場で会ったのが、かれこれ十六年前。美香ちゃんは二十代の初々しい花嫁さんだった。待ち望んだ子どもを出産し、目のまえに現れた彼女の表情は、しっかりと「母親」になっていた。

夫は、北欧の地・スウェーデン系三世の米国人。生後三か月の息子は、北欧人特有の真っ白な肌を受け継いだ。瞳《ひとみ》は灰色がかったブラウン。髪の毛は黒。東洋と西洋が出会ったおもざしだった。

米国生まれの夫は当然、米国籍をもっている。妻は「日本籍」を放棄していないので、米国籍はもっていないが、永住権は取得している。その両親の子どもの国籍をどうするかは、本人に決めさせたいと、夫婦で話しあったそうだ。家庭内の日常会話は英語。

「子どもに呼びかける言葉は日本語がいいよ。せっかくお母さんが二か国語を話せるのだから」と私。「私もそう思う」と美香ちゃん。

母親の慣れ親しんだ母語である日本語で、子どもとコミュニケーションをとるのは自然だ。美香ちゃんも私と同じように思っていた。

「美香はね、日本語を忘れていないからね」と、友人である祖母の言葉。

そんな会話をしていた矢先、ホーム・パーティに来ていた人から、三か月の息子に対して「ハーフ」という言葉が飛び交った。

「いまは、ハーフでなくダブルと言うんだよ」と私が言ったら、「ハーフじゃないよね、母と父の背負う文化をもって生まれてきているのだから、ダブルだよ」と美香ちゃんが答えた。

「祖父母の国籍が違って、父母の国籍が違うと、その子はなんていうんだろう」

美香ちゃんは即座に、「ミックス」だと答えた。

さすがに、多民族国家で出生地主義のアメリカは、言葉の適用が早い。日本はいまだに、「ハーフ」の呼称から逃れられないでいるのだろうか。「ハーフ」の言葉の背後には、両親は同じ国籍をもつものとの、暗黙の了解が潜んでいると思うのは私だけだろうか。

「国際社会に生きる子どもたちを育てよう」と、世間ではさかんに叫ばれているが、なんか違和感があるのよね。

日本のなかの国際社会を見ようとしないで、海外へばかり、それも欧米中心の国際社会ってなんなの。

高校野球の正しい応援の仕方

昨年の八月、テレビのまえで私は燃えた。

「夏の甲子園」で、八重山商工高校と千葉経済大附属高校との試合があった。私は千葉県の居住者であるが、八重山商工を応援した。踊りつきで。

近年の高校野球では、球児の募集の仕方が気にくわない。見込みのある子だけを集めてチームにするなんて。それに、全国からスカウトして集めた子たちのチームを、各県代表といわれても。それは「国体」にも通じる。

集めた優秀といわれる生徒を育てるだけが高校野球では、興味がわかない。しかし、一昨年の春の選抜大会に、がぜん、応援したいチームが出現したのだ。それが、沖縄の石垣島にある八重山商工だ。

娘は石垣島に嫁いでいる。石垣島と結婚したわけではないが、まさに、石垣島と結婚したようなものだと思っている。娘の夫は、八重山諸島の石垣島に流れ着いて「道売り」をしていた若者だ。八重山諸島に流れてきた流木を集め、加工して商品にしている。ネックレスとかブレスレットにして。いまは、離島桟橋近くのアヤパニモールの一画に、小さな店を出している。

娘は夏のあいだだけ、竹富島の民宿にアルバイトに行っていた。そのとき彼と出会い、二人で暮らしていくことを決意した。なんの保証もない生活を始めた。

秋、沖縄からの電話で突然、「私、結婚してもいいかな」と言われたとき、躊躇しなかった。私もそうだったから。結婚生活は二人でつくるのだといまも思っている。それに、娘を信頼しているから。あなたの選んだ人だもの、あなたと彼が責任をもって二人で暮らしていくのでしょうからと……。

石垣島のなかで野球に秀でた中学生たちは、かつては本島の沖縄市や、大阪など関西方面の高校に進んだ。しかし、それに「異議申し立て」を企てた人が石垣島に出てきたのだ。少年野球チームから、子どもたちを育てていく。流出しそうな生徒たちをときには褒《ほ》め、ときには叱り、それをくり返し、この島で成長させる。

そのようにして、二〇〇五年・春の選抜高校野球大会に、「甲子園」までやってきた。その情報をテレビで見て、さっそく娘に電話した。

「島の〝に〜に〟たちだから、のんびりしてて、緊張感ないのよね」と娘。

「ワッハハ、面白い」「監督がいちばん元気いいみたいね」

「『八重山毎日』は、連日、商工を取り上げているよ」

選抜大会は残念ながら、一回戦で終わった。

しかし、私はあきらめなかった。春の選抜から、彼らの情勢を追っていく日々が続く。娘がお世話になっている人びとに会うため、昨年の四月に石垣島に向かった。いちばん見たかったのは、八重山商工のグラウンドだった。

見たとたん、納得した。オンボロの部室にグラウンド。私の住んでいる地域の中学校の野球部よりも貧しい施設。それでも甲子園まで行けるんだ。日本もまんざら捨てたものではない。それだから、その夏はなおさら応援に拍車がかかった。

チバリヨ〜。

毎回、彼らの試合の応援には「泡盛」と「踊り」がつく。テレビのまえで、酔っぱらったおばさんが、酒を飲みたいがためか応援を続けた。

ハンメちゃん家《ち》とユーくん家《ち》

ここ十年ほど、十二月から二月まで、私たち夫婦は事務所に寝泊まりして仕事をしている。家の大掃除はしていないし、年賀状も出していない。昨今は便利になり、夫はメール年賀に頼っている。

上の二人の子ども、娘と息子はこの四年間で、つぎつぎに結婚して家を出た。末子の息子は外食産業に就職し、店長になった。家には寝に帰るだけ。息子の仕事柄、大晦日《おおみそか》や正月は書き入れどきで、家族でそろうのはむずかしくなった。

たった二人から始まった家庭は、娘が生まれて一人ふえ、息子ができて一人ふえ、また息子が一人ふえ、五人になった。そのころは季節季節の行事や誕生日は、かならず全員で楽しんだ。のちに、夫の母親と同居しだして六人になり、かなりの賑わいをみせた。

十数年前に夫の母親が他界し、ちょっと寂しくなった。一人いなくなると、家ってずいぶんと広く感じる。それが、三人いなくなったのだから、いまは広すぎると思う。夫は仕事が忙しいので、家に帰ってくるのは、週のうち一日か二日。

たまに遊びにくる孫のあかねは、夫がいないと「ハンメちゃん、ユーくんは?」とかならず聞く。私は「きょうは東京の事務所だよ」とか、行き先の地名を答える。「フ~ン」と言ったきり、遊びはじめる。遊びにあきると、孫と一か月違いに生まれた、私たち夫婦の〝地域の孫〟の家に遊びに、私と行く。孫にとっては、この地域での友だちだ。

孫は、事務所に何回か遊びにきている。近くには、東京ドームシティという遊園地（旧・後楽園遊園地）がある。身長規定があるので、いまはまだ乗り物は選べないが、メリーゴーラウンドやら観覧車が大好きで、けっこう気に入っているようだ。

息子たちと千葉の自宅近くで夕食をともにしたその日は、夜のうちに事務所に戻らなければいけない日曜日だった。

「車で来てるから、東京まで送っていくよ」と息子。

すると、すかさず孫が、「アッカもユーくん家《ち》いきたい」。

とうとう、事務所がユーくん家になった瞬間だ。

このネーミングには家族じゅうが納得してしまった。孫に言わせれば、私たちの自宅は「ハンメちゃん家」で、事務所は「ユーくん家」だそうだ。家族のメンバーが代わると、家庭のあり方も変化する。

夫が独立したときには、事務所は間借りだった。十年ほどしていまの事務所に移ったとき、子どもたちは学童期。夫にはかならず家に帰ってきてほしいので、事務所での宿泊は許さなかった。いまでは、通勤時間がもったいなくて、私までが泊まってしまっている。

しかし、思い返した。孫が言った「ハンメちゃん家」を、充実したハンメちゃん家にしようと。いずれ末子も、独立して家を出ていくだろう。そうなれば、夫婦二人にまた戻る。三十年近く夫婦をしていると、だいたい、こうでるとケンカになるといった感触もつかめてくる。会話は多いほどいいが、怒鳴りあいはもう、ほとほと飽きた。

私たちは事業主なので、定年がない。きっと、病気にならなければ死ぬまで現役だろう。今後の十数年は、豊かな老いを迎える準備期間でもあるのだ。会社の仕事時間は、いくらでも調整がきく。しまい忘れていた夢の実現へ踏みだそう。

「あなたには、振りまわされているばかり」と、夫を妬《ねた》まないためにも。

イルム（名前）を旅して

郵便局でも銀行でも、買い物のカードをつくるにも、「車　育子」と振り仮名をつけずに書くと、たいていの人は「くるま・いくこ」と読む。

「ちゃ・ゆっちゃと読みます。ハングル読みです」

「そうですか。失礼しました」

どこまで理解しているかは知らないが、窓口で時間をかけて歴史的背景を説明するのも面倒なので、呼び名だけは正しくしてもらう。なので、さまざまな書類にはかならず、漢字の名前の上にルビを振るようになった。

電話ではさまざまな対応に遭う。

「ちゃです」と言っても、一度では聞きとってもらえず、かならず二度目か三度目で、「ちゃさんですね、漢字はお茶の茶ですか？」。

「いえ、車《くるま》と書いて、ちゃと読みます」

傑作だったのは、地域仲間の男性の会社へ、緊急の電話を入れたときだった。こちらとしては、勤務時間だったので気を利かせたつもりで、当方の会社名を入れて「△△のちゃです、Hさんいらっしゃいますか」。この言葉を二度くり返したあと、しばらくの沈黙が続き、やっとHさんの声が受話器から聞こえた。

その後、Hさんとその話題になったとき、「いやね、彼女、勘違いしたみたいでね。カタカナの会社名もめずらしい名前だし、続く本人の名前が、ちゃでしょ。クラブかバーからの電話と思ったみたい」。笑ってしまった。

こんな不都合は日常茶飯事。それでも、車《ちゃ》で暮らしていこう。

育子《ゆっちゃ》はどうか。幼いころ、両親やハンメやおじやおばから可愛がられた私は、「いっこ」とか「いっこちゃん」、「いっちゃん」「こいく」などと呼ばれていた。愛情ある呼称だ。捨てがたいとの想いがある。

「ゆっちゃさん」と呼ぶのは限られた人たちだ。地域の人たちはだいたい「ちゃさん」。近ごろは子どもたちの真似をして、「ちゃんちゃん」と呼ぶ人が増えてきた。多くの人びとからの呼ばれ方がからだに密着してくると感じる。

赤ちゃんの名前の呼びかけ方は、赤ちゃん語ではなくきちんと発音したほうが、自身の名前の認識力が強まるとの説もある。

けれども、私の場合は乳幼児期から青年期まで、正確に「育子」を国籍語で発音できる大人がいなかった。「いくこ」がからだの隅でいまだに疼《うず》いている。

ただ、人間は社会が成長させる動物だとも思う。成人し、社会人になり、「いくこ」と読むのを拒みだした自分をも容認したい。

日本社会の内なる国際性が熟成しなければ、「ゆっちゃ」に固執するだろう。

まだまだ、イルムを旅する道のりは続いていくのだろうか。

あとがき

両親を、お父さん・お母さんと呼んでいて不自然ではなかった。ただ、このごろ、父にはアボジのほうがあうように思いはじめている。韓国の田舎で生まれ、六歳までは暮らしている。その間は朝鮮語で生活をしていたのに、日本に来てから日本語しか使えなくなった。祖国とまではいえないが、六歳までの原風景を何処かに残しているのにちがいない。

オモニはお母さん。日本で生まれ育ち、日本の学校で教育を受け、成人した。キムチなどの朝鮮料理は、嫁いでから覚えたのだ。それほど母の生家には、暮らしに在日朝鮮人の匂いはなかった。母方の祖母は、いつもきちんと着物を着こなしていた。

当時、日本籍でなかった伯（叔）父たちには就職先がなく、家業を継いだ。母と叔母はあたりまえに嫁に出された。なぜか、「韓国籍」の相手と結婚したのは母だけであった。

この本には、夫とのあいだのゴタゴタも書かせてもらった。

先日、娘から「なんか似合いの夫婦だよ」と言われた。おたがいに顔を見合わせ、「そのようにしてきたからね」とうなずきあった。しかし、ここまで来るには喧嘩をたくさんしたし、家出もした。

私たちをよく知る友人たちは、「とっくに離婚していてもおかしくないのに、不思議な夫婦だ」と言う。

とにかく、夫とは怒鳴りあいもふくめて、よく話し合った。おたがいを深く知るのに、言葉は重要な要素だ。いまでは、国籍が違ってよかったとも思っている。差異を前提に家庭を創ってきた。当然、衝突もあるし、またゆずりあいもあった。

韓国で二年ほど暮らそうと、四十代から貯金を始めたが、すべて会社の建て直し資金にしてしまった。それで夫を恨んだりもした。しかし、悪戦苦闘のなかで学んだことは多い。あのころ事業が順風満帆だったら、私たち夫婦それぞれのライフワークを見つけるのは難しかっただろう。

子どもたちや友人たちの暖かな励ましや協力は、素直に受けいれさせていただいた。考えるのを停止してしまえば、行き詰まっていく。あがきながら、ときにはよたよたと休みながらも歩を進めてきた。全力疾走だけでは息が続かない日々もある。

朝鮮語を習うために通いはじめた塾の「塾報」につらつらと書いてきた文章と、これまで書きためていたものに加筆修正をし、あらたに書き下ろした原稿を加えた。私は韓国籍ではあるが、この本は心情を綴った文章なので、在日朝鮮人とか朝鮮料理という表記に統一した。ハンメが日本に渡ってきた時代にはまだ分断されていなかったので、いまはやりのコリアン（在日韓国・朝鮮人）とは書けない。

ここにあるのは「私」という一人の女性のモノローグではあるが、個人へ収斂《しゅうれん》させるのではなく、日本社会の課題であると読みとってもらいたい。

最後に、この本が世に出たのは、ひとえに太郎次郎社エディタスの北山理子さんの英断による。この場をかりてお礼を申し上げたい。

そして、このあとがきを書いているいまも、ハンメから始まった家族の歴史を残したいとの想いは、消えることはなかった。

二〇〇七年初夏

車《ちゃ》　育子《ゆっちゃ》

車　育子……ちゃ　ゆっちゃ

四歳になる孫から「ハンメちゃん」と呼ばれ、悦んでいる。
ハンメとは、韓国の南の地方の方言。
いわゆる「標準語」では、ハルモニ（祖母）。
私が幼い頃、祖母をハンメと呼んでいた。
懐かしく、あたたかい響き。
手放すことはできなかった。
今後の老年期を謳歌すべく奮闘中の「道端のたんぽぽおばさん」。
たんぽぽの種のように、私の想い、自由にどこまでも飛んでいけ。
一九五三年、東京都生まれ。

旅する名前
私のハンメは海を渡ってやってきた

二〇〇七年八月一日　初版印刷
二〇〇七年八月十日　初版発行

著者　車《ちゃ》　育子《ゆっちゃ》

装幀　後藤葉子
装画　水上みのり
発行所　株式会社太郎次郎社エディタス
東京都文京区本郷４－３－４－３Ｆ
郵便番号１１３－００３３
電話０３－３８１５－０６０５
http://www.tarojiro.co.jp/
電子メール　tarojiro@tarojiro.co.jp
印刷・製本　厚徳社

定価はカバーに表示してあります
ISBN978-4-8118-0724-9 C0036

●太郎次郎社エディタスの本●

生きなおす、ことば　書くことのちから——横浜・寿町から　大沢敏郎

日本の三大ドヤ街のひとつ、横浜・寿町。教育の機会を奪われ、読み書きができないために地を這うように生きてきた人びとがいる。この街で四半世紀にわたり識字学校を主宰する著者と、文字を学ぼうとする人びとや若者との交流、かれらが書いた渾身の「生のことば」の記録。…………●四六判並製・二二四ページ●一八〇〇円＋税

車イスからの宣戦布告　私がしあわせであるために私は政治的になる　安積遊歩

上野千鶴子さん評……車イスの障害者、あの安積さんが赤ちゃんを産んだ。これは未来にのりだした家族の冒険だ。このなかには少子対策への答えのすべてがある。障害をもった家族に必要なことは、ふつうの家族が生きていくのに必要な、あっけにとられるほどあたりまえのことだ。……●四六判上製・二〇〇ページ●二〇〇〇円＋税

その手は命づな　ひとりでやらない介護、ひとりでもいい老後　横川和夫

介護する側・される側、どちらの人生も大切にしたい。そんなシステムをつくりたい。いずれはだれもが独り暮らし。おたがいさまの他人同士だからこそできることがある。「まごころヘルプ」から「地域の茶の間」「うちの実家」へと広がる支えあいネットワークを創った女性たち。……●四六判並製・二八八ページ●一九〇〇円＋税

迷走する両立支援　いま、子どもをもって働くということ　萩原久美子

「家庭と仕事の両立支援」とは、誰のための、何のためのものなのか——。格差と少子化。共働き家庭の増加。「両立支援」の掛け声とは裏腹に、仕事と子育ての狭間で苦悩する三十〜四十代の女性たち。百人を超える母親に取材、制度と現実のミスマッチを描きだす。…………●四六判上製・三〇四ページ●二二〇〇円＋税